사피엔스 한국문학

중·단편소설

09

김동인

배따라기 | 감자
광염 소나타 | 붉은 산

「사피엔스²¹」

사피엔스 한국문학 중·단편소설 09
김동인 배따라기

초판 1쇄 펴낸날 2012년 2월 13일
2판 2쇄 펴낸날 2022년 1월 10일

지은이 김동인
엮은이 신두원
펴낸이 최병호
본문 일러스트 이경하
펴낸곳 (주)사피엔스21
주소 10403 경기도 고양시 일산동구 중앙로 1233 현대타운빌 205
전화 031)902-5770 **팩스** 031)902-5772
출판등록 제22-3070호
ISBN 978-89-6588-081-3 44810
ISBN 978-89-6588-072-1 (세트)

＊파본은 교환해 드립니다.
＊이 책에 실린 모든 내용에 대한 권리는 (주)사피엔스21에 있으므로
  무단으로 전재하거나 복제, 배포할 수 없습니다.

김동인

- 배따라기
- 감자
- 광염 소나타
- 붉은 산

에스피엑스 한국문학 중·단편소설 09 | 엮은이 · 신두원

사피엔스 한국문학 - 중·단편소설을 펴내며

『사피엔스 한국문학』은 청소년과 일반 성인이 한국 문학을 대표하는 작가들의 대표 작품을 편하게 읽으면서도 한국 현대문학의 흐름을 이해하는 데 다소라도 도움이 되도록 기획한 선집(選集)입니다. 이미 다수의 한국 문학 선집이 시중에 출간되어 있으나, 이번 선집은 몇 가지 점에서 이전 선집들과의 차별화를 시도하였습니다.

첫째, 안정되고 정확한 텍스트를 독자에게 제공하는 데 주안점을 두었습니다. 문학 작품은 말 그대로 언어라는 실로 짠 화려한 양탄자입니다. 더군다나 한국 문학을 대표하는 작가들의 대표 작품들이라면 두말할 나위가 없겠지요. 이들 작품을 감상하는 데 있어서 정확하면서도 편안한 텍스트를 제공하는 것은 선집이 지녀야 할 핵심 덕목이라고 할 수 있습니다. 그래서 이번 선집은 각 작품의 최초 발표본과 작가 생애 최후의 판본, 그리고 가장 최근에 발간된 비판적 판본(critical version) 등을 참조하여 텍스트에 정확성을 최대한 기하되, 현대인이 읽기 쉽도록 표기를 다듬었습니다. 또한 낯설거나 어려운 낱말에 대한 풀이를 두어서 작품 감상의 흐름이 끊어지지 않고 작품에 자연스럽게 몰입할 수 있도록 편집하는 데 많은 노력을 기울였습니다.

둘째, 선집에 포함될 작가와 작품을 선정하는 데 고심에 고심을 기울였습니다. 물론 기존 문학 선집들의 경우에도 작가 및 작품 선정에 그 나름의 고심을 기울였을 것입니다. 하지만 문학 선집이라는 것은 시대의 흐름과 독자의 취향, 현대적 문제의식 등을 종합적으로 고려해야 하는 것이어서, 시간이 지나고 세상이 바뀌면 작가 및 작품의 선정 기준과 원칙도 달라질 수밖에 없습니다. 이번 선집은 이러한 점들을 고려하여 작가와 작품을 엄선하되, 오늘을 살아가는 청소년과 일반 성인들이 갖고 있는 문제의식 및 취향에 부합할 수 있도록 노력하였습니다.

셋째, 청소년을 위한 최선의 한국 문학 선집이 될 수 있도록 하였습니다. 오늘날 세상은 디지털 문명으로 매우 빠르게 흘러가고, 우리 청소년들은 입시의 중압감과 온갖 뉴미디어의 홍수 속에서 자칫 마음을 키우고 생각을 넓히는 데 소홀해지기 쉽습니다. 이러한 정보의 홍수와 경쟁의 급류 속에서 문학은 자칫 잃기 쉬운 성찰의 기회를 제공해 줍니다. 시대와 호흡하면서 인간의 삶이 제기하는 다양한 문제를 다채롭게 형상화한 작품을 읽으며, 그 작품 속에 그려진 세상과 인물에 공감하면서 때로는 충격을 받고, 때로는 고민에 휩싸이며, 그 속에서 새로운 자아를 발견하는 과정을 통해 청소년들이 깊은 생각과 넓은 마음을 키울 수 있을 것이라 확신합니다. 작품별로 자세한 해설을 달고 그 해설에서 문학 교육의 핵심 내용을 비중 있게 다룬 것 또한 청소년 독자를 위한 배려에서 비롯된 것입니다.

문학 선집을 엮는 일은 두렵고도 설레는 일입니다. 감히 작가와 작품을 고른다는 것도 두려운 일이었거니와, 이 선집을 시대가 요구하는 최고의 선집으로 만들어야겠다는 사명감도 이번 문학 선집을 엮는 과정에서 저희 엮은이들과 편집자들의 어깨를 짓누르는 한편 가슴 벅찬 기대를 품게 만들었습니다. 부디 이 선집으로 많은 이들이 한국 문학의 정수(精髓)를 만끽하길 바랍니다. 그리고 날카로운 질책과 따스한 성원을 아울러 기대합니다.

끝으로 이 자리를 빌려 물심양면으로 선집의 출간을 뒷받침해 주신 (주)사피엔스21의 권일경 대표 이사님 이하 편집부 직원 모두에게 감사를 드립니다. 또한 이 선집을 위해 작품의 출간을 허락하신 작가들과 저작권을 위임받아 여러 편의를 제공해 준 한국문예학술저작권협회 측에도 감사의 말을 전합니다.

엮은이 대표 _ 신두원

일러두기

●

1. 수록 작품은 최초 발표본과 작가 생애 최후의 판본, 그리고 가장 최근에 발간된 비판적 판본(critical version) 등을 참조하여 텍스트를 확정했습니다. 참조한 판본은 작품 뒤에 밝혔습니다.
2. 한 작가의 작품 배열은 청소년들의 눈높이와 문학사적인 지명도를 고려하여 그 순서를 정하였습니다.
3. 뜻풀이가 필요하다고 판단되는 낱말과 문장은 본문 아래쪽에 그 풀이를 달았습니다.
4. 표기는 원문에 충실히 따르는 것을 원칙으로 하되, 맞춤법과 띄어쓰기는 최대한 현행 표기법을 따랐습니다. 단, 해당 작가만의 개성이 묻어 있는 말이나 방언, 속어, 고어 등은 최대한 원문대로 살려 놓았습니다.
5. 위의 원칙들은 작가에 따라, 지문과 대화에 따라, 문체에 따라, 문맥에 따라 적용의 정도가 달라질 수 있습니다.

차례

간행사	4
배따라기	10
감자	48
광염 소나타	74
붉은 산	124
작가 소개	146

배따라기

우리는 살아가면서 종종 오해를 하곤 해요. 오해는 주로 상대방의 입장을 충분히 고려하지 않고 내 멋대로 생각할 경우에 생기지요. 그래서 결국은 상대방뿐만 아니라 자신도 난처한 상황에 처하게 되지요. 여기 오해로 인해 사랑하던 가족을 잃고 혼자 방황하며 살아가는 사나이가 있어요. 어떤 오해를 했으며, 그 오해가 어떤 결과를 낳았는지 '그'의 이야기에 귀 기울여 봅시다.

배따라기 평안도 민요의 하나로 '배떠나기'의 사투리로 알려져 있다. 뱃사람들의 고달프고 덧없는 생활을 내용으로 하는데, 그 곡조가 슬프고 애처롭다.

좋은 일기이다.

좋은 일기라도, 하늘에 구름 한 점 없는 — 우리 '사람'으로서는 감히 접근치 못할 위엄을 가지고, 높이서 우리 조그만 '사람'을 비웃는 듯이 내려다보는 그런 교만한 하늘이 아니고, 가장 우리 '사람'의 이해자인 듯이 낮추 뭉글뭉글 엉기는 분홍빛 구름으로서 우리와 서로 손목을 잡자는 그런 하늘이다. 사랑의 하늘이다.

나는, 잠시도 멎지 않고 푸른 물을 황해로 부어내리는 대동강을 향한 모란봉 기슭 새파랗게 돋아나는 풀 위에 뒹굴고 있었다.

일기(日氣) 날씨. 그날그날의 비, 구름, 바람, 기온 따위가 나타나는 기상 상태.
낮추 1. 아래에서 위까지의 높이가 기준이나 보통보다 짧게. 2. 정도, 지위, 수준 따위가 어떤 기준이나 상대보다 아래로.
뭉글뭉글 구름, 연기 따위가 둥그스름하게 잇따라 나오는 모양.
모란봉(牡丹峯) '금수산(錦繡山)'의 별칭. 평양 북쪽에 있는 작은 산으로, 꼭대기에 모란대, 최승대, 을밀대 따위의 누각이 있다. 동쪽은 절벽을 이루어 대동강을 굽어보고 있어서 경치가 빼어나다.

이날은 삼월 삼질, 대동강에 첫 뱃놀이를 하는 날이다. 까맣게 내려다보이는 물 위에는, 결결이 반짝이는 물결을 푸른 놀잇배들이 타고 넘으며, 거기서는 봄 향기에 취한 형형색색의 선율이 우단보다도 부드러운 봄 공기를 흔들면서 날아온다. 그리고 거기서 기생들의 노래와 함께 날아오는 조선 아악(雅樂)은 느리게 길게 유창하게 부드럽게, 그리고 또 애처롭게 — 모든 봄의 정다움과 끝까지 조화하지 않고는 안 두겠다는 듯이 대동강에 흐르는 시커먼 봄물, 청류벽에 돋아나는 푸르른 풀 어음, 심지어 사람의 가슴속에 봄에 뛰노는 불붙는 핏줄기까지라도, 습기 많은 봄 공기를 다리 놓고 떨리지 않고는 두지 않는다.✽

봄이다. 봄이 왔다.

부드럽게 부는 조그만 바람이 시커먼 조선 솔을 꿰며, 또는 돋아나는 풀을 스치고 지나갈 때의 그 음악은 다른 데서는 듣지

삼질(三-) 삼짇날. 음력 3월 3일. 강남 갔던 제비가 다시 돌아온다는 날로, 봄이 본격적으로 돌아오는 절기에 해당한다.
우단(羽緞) 벨벳. 거죽에 곱고 짧은 털이 촘촘히 돋게 짠 비단.
아악(雅樂) 삼부악의 하나. 예전에 우리나라에서 의식 따위에 정식으로 쓰던 음악으로, 고려 예종 때 중국 송나라에서 들여왔던 것을 조선 세종이 박연에게 명하여 새로 완성시켰다.
 삼부악(三部樂) 국악에서, 아악(雅樂)·당악(唐樂)·향악(鄕樂)의 세 갈래 음악을 통틀어 이르는 말.
봄물 1. 봄이 되어 얼음이나 눈이 녹아 흐르는 물. 2. 봄의 싱싱한 기운을 비유적으로 이르는 말.
청류벽 평양 대동강가에 있는 깎아지른 바위의 이름. 경치가 매우 좋아 예로부터 뱃놀이의 명소였음.
어음 '움'의 사투리. 풀이나 나무에서 새로 돋아나는 싹이나 어린 줄기.
✽ 조선 아악은 느리게 ~ 떨리지 않고는 두지 않는다 주어는 '아악은'이다. 그러므로 '조선 아악'이 '대동강에 흐르는 시커먼 봄물, 청류벽에 돋아나는 푸르른 풀 어음, 사람의 가슴속에 봄에 뛰노는 불붙는 핏줄기'와 '습기 많은 봄 공기' 사이에 다리를 놓아, 이들(봄물, 풀 어음, 핏줄기, 봄 공기)을 떨리게 만든다는 의미이다.
솔 소나무.

못할 아름다운 음악이다.

　아아, 사람을 취케 하는 푸르른 봄의 아름다움이여. 열다섯 살부터의 동경(東京) 생활에 마음껏 이런 봄을 보지 못하였던 나는, 늘 이것을 보는 사람보다 곱 이상의 감명을 여기서 받지 않을 수가 없다.

　평양성 내에는, 겨우 툭툭 터진 땅을 헤치면 파릇파릇 돋아나는 나무새기와 돋아나려는 버들의 어음으로 봄이 온 줄 알 뿐, 아직 완전히 봄이 안 이르렀지만, 이 모란봉 일대와 대동강을 넘어 보이는, 가나안 옥토를 연상시키는 장림(長林)에는 마음껏 봄의 정다움이 이르렀다.

　그리고 또 꽤 자란 밀보리들로 새파랗게 장식한 장림의 그 푸른 빛, 만족한 웃음을 띠고 그 벌에 서서 내다보는 농부의 모양은 보지 않아도 생각할 수가 있다.

　구름은 자꾸 하늘을 날아다니는 모양이다. 그 밀 위에 비치었던 구름의 그림자는 그 구름과 함께 저편으로 물러가며 거기는 세계를 아까 만들어 놓은 것 같은 새로운 녹빛이 퍼져 나간

곱　배(倍). 곱절.
나무새기　'나물'의 사투리.
가나안　팔레스타인 요르단 강 서쪽 지역의 옛 이름. 기원전 13세기경 먼저 거주하던 가나안 족을 정복하고 고대 이스라엘이 정착한 지역으로, 성경에서는 하나님이 아브라함과 그 자손에게 주겠다고 약속한 땅이다.
옥토(沃土)　농작물이 잘 자랄 수 있는, 영양분이 풍부한 좋은 땅.
장림(長林)　길게 뻗쳐 있는 숲.
밀보리　밀과 보리를 아울러 이르는 말.
벌　넓고 평평하게 생긴 땅.

다. 바람이나 조금 부는 때는 그 잘 자란 밀들은 물결같이 누웠다 일어났다, 일록일청(一綠一靑)으로 춤을 춘다. 그리고 봄의 한가함을 찬송하는 솔개들은 높은 하늘에서 동그라미를 그리면서 더욱더 아름다운 봄의 향기로운 정취를 더한다.

"다스한 봄정에 솟아나리다. 다스한 봄정에 솟아나리다."

나는 두어 번 소리 나게 읊은 뒤에 담배를 붙여 물었다. 담뱃내는 무럭무럭 하늘로 올라간다.

하늘에도 봄이 왔다.

하늘은 낮았다. 모란봉 꼭대기에 올라가면 넉넉히 만질 수가 있으리만큼 하늘은 낮다. 그리고 그 낮은 하늘보다는 오히려 더 높이 있는 듯한 분홍빛 구름은 뭉글뭉글 엉기면서 이리저리 날아다닌다.

나는 이러한 아름다운 봄 경치에 이렇게 마음껏 봄의 속삭임을 들을 때는 언제든 유토피아를 아니 생각할 수 없다. 우리가 시시각각으로 애를 쓰며 수고하는 것은 ― 그 목적은 무엇인가? 역시 유토피아 건설에 있지 않을까? 유토피아를 생각할 때는 언제든 그 '위대한 인격의 소유자'며 '사람의 위대함을 끝까지 즐긴' 진나라 시황〔秦始皇〕을 생각지 않을 수 없다.

일록일청(一綠一靑)으로 한 번은 녹빛이었다가 또 한 번은 푸른 빛으로.
다스하다 조금 알맞게 따뜻하다.
유토피아(utopia) 이상향. 인간이 생각할 수 있는 최선의 상태를 갖춘 완전한 사회.
진나라 시황〔秦始皇〕 중국 진나라의 제1대 황제(B.C. 259~B.C. 210). 기원전 221년에 중국을 통일하고 스스로를 시황제라 칭하였다.

우리가 어찌하면 죽지를 아니할까 하여, 소년 삼백을 배를 태워 불사약을 구하려 떠나보내며, 예술의 사치를 다하여 아방궁(阿房宮)을 지으며, 매일 신하 몇천 명과 잔치로써 즐기며, 이리하여 여기 한 유토피아를 세우려던 시황은, 몇만의 역사가가 어떻다고 욕을 하든, 그는 참말로 인생의 향락자며 역사 이후의 제일 큰 위인이라고 할 수가 있다. 그만한 순전한 용기 있는 사람이 있고야 우리 인류의 역사는 끝이 날지라도 한 '사람'을 가졌었다고 할 수 있다.

'큰사람이었었다.'

하면서 나는 머리를 흔들었다.

이때다. 기자묘 근처에서 무슨 슬픈 음률이 봄 공기를 진동시키며 날아오는 것이 들렸다.

나는 무심코 귀를 기울였다.

'영유 배따라기'다. 그것도 웬만한 광대나 기생은 발꿈치에도 미치지 못하리만큼 — 그만큼 그 '배따라기'의 주인은 잘 부르는 사람이었다.

불사약(不死藥) 먹으면 죽지 아니하고 오래 살 수 있다는 약.
아방궁(阿房宮) 시황제가 기원전 212년에 세운 궁전. 지나치게 크고 화려한 집을 비유적으로 이를 때 쓰기도 함.
순전하다(純全--) 순수하고 완전하다.
기자묘(箕子墓) 고조선 때에 있었다고 하는 전설상의 나라 '기자 조선'의 시조인 기자의 무덤으로, 평양시 기림리에 있다.
영유(永柔) 평안남도 평원 지역의 옛 지명.

비나이다, 비나이다.

산천후토 일월성신 하나님 전 비나이다.

실낱 같은 우리 목숨 살려 달라 비나이다.

에—야, 어그여지야.

여기까지 이르렀을 때에 저편 아래 물에서 장고 소리와 함께 기생의 노래가 울리어 오며 '배따라기'는 그만 안 들리게 되었다.

나는 이 년 전 한여름을 영유서 지내본 일이 있다. '배따라기'의 본고장인 영유를 몇 달 있어 본 사람은 그 '배따라기'에 대하여 언제든 한 속절없는 애처로움을 깨달을 것이다.

영유, 이름은 모르지만 ×산에 올라가서 내다보면 앞은 망망한 황해이니, 그곳 저녁때의 경치는 한 번 본 사람은 영구히 잊을 수가 없으리라. 불덩이 같은 커다란 시뻘건 해가 남실남실 넘치는 바다에 도로 빠질 듯 도로 솟아오를 듯 춤을 추며, 거기서 때때로 보이지 않는 배에서 '배따라기'만 슬프게 날아오는 것을 들을 때엔 눈물 많은 나는 때때로 눈물을 흘렸다. 이로 보아서 어떤 원의 아내가 자기의 모든 영화를 낡은 신같이 내어

산천후토(山川后土) '산천'은 '산과 내'라는 뜻으로 '자연'을 이르며, '후토'는 '토지를 맡아 다스린다는 신'을 의미한다.
일월성신(日月星辰) 해와 달과 별을 통틀어 이르는 말.
망망하다(茫茫--) 1. 넓고 멀다. 2. 어렴풋하고 아득하다.
원(員) 수령(守令). 고려·조선 시대에, 각 고을을 맡아 다스리던 지방관들을 통틀어 이르는 말.
영화(榮華) 몸이 귀하게 되어 이름이 세상에 빛남.

던지고 뱃사람과 정처 없는 물길을 떠났다 함도 믿지 못할 말이랄 수가 없다.

영유서 돌아온 뒤에도 그 '배따라기'는 내 마음에 깊이 새기어져 잊으려야 잊을 수가 없었고, 언제 한번 영유를 가서 그 노래를 한 번 더 들어 보고 그 경치를 다시 한 번 보고 싶은 생각이 늘 떠나지를 않았다.

장고 소리와 기생의 노래는 멎고 '배따라기'만 구슬프게 날아온다. 결결이 부는 바람으로 말미암아 때때로는 들을 수가 없으되, 나의 기억과 곡조를 종합하여 들은 '배따라기'는 이 대목이다.

강변에 나왔다가
나를 보더니만
혼비백산하여
꿈인지 생시인지
와르륵 달려들어
섬섬옥수로 부쳐잡고
호천망극 하는 말이

혼비백산하다(魂飛魄散--) 몹시 놀라 넋을 잃다.
섬섬옥수(纖纖玉手) 가냘프고 고운 여자의 손을 이르는 말.
호천망극(昊天罔極) 어버이의 은혜가 넓고 큰 하늘과 같이 다함이 없음을 이르는 말.

"하늘로서 떨어지며
땅으로서 솟아났나.
바람결에 묻어 오고
구름길에 싸여 왔나."
이리 서로 붙들고 울음 울 제
인리 제인이며
일가친척이 모두 모여

여기까지 들은 나는 마침내 참지 못하고 벌떡 일어서서 소나무 가지에 걸었던 모자를 내려 쓰고 그곳을 찾으러 모란봉 꼭대기에 올라섰다. 꼭대기는 좀 너 노랫소리가 잘 들린다. 그는 '배따라기'의 맨 마지막, 여기를 부른다.

밥을 빌어서
죽을 쑬지라도
제발 덕분에
뱃놈 노릇은 하지 마라.
에 — 야, 어그여지야.

그의 소리로써 방향을 찾으려던 나는 그만 그 자리에 섰다.

인리 제인(隣里諸人) 이웃 마을의 여러 사람.

'어딘가? 기자묘? 혹은 을밀대?'

그러나 나는 오래 서 있을 수가 없었다. 어떻든 찾아보자 하고 현무문으로 가서 문밖에 썩 나섰다. 기자묘의 깊은 솔밭은 눈앞에 쫙 퍼진다.

'어딘가?'

나는 또 물어보았다.

이때에 그는 또다시 '배따라기'를 시초부터 부른다. 그 소리는 왼편에서 온다.

왼편이구나 하면서, 소리 나는 곳을 더듬어서 소나무 틈으로 한참 돌다가 겨우 기자묘치고는 그중 하늘이 넓고 밝은 곳에 혼자서 뒹굴고 있는 그를 찾아내었다. 나의 생각한 바와 같은 얼굴이다. 얼굴·코·입·눈·몸집이 모두 네모나고, 그의 이마의 굵은 주름살과 시커먼 눈썹은 고생 많이 함과 순진한 성격을 나타낸다.

그는 어떤 신사가 자기를 들여다보는 것을 보고 노래를 그치고 일어나 앉는다.

"왜, 그냥 하지요."

하면서 나는 그의 곁에 가 앉았다.

을밀대(乙密臺) 평안남도 평양 금수산 마루에 있는 대(臺)와 그 위에 있는 정자. 평양 시내를 내려다볼 수 있다. 6세기 중엽에 처음 건립되었으며 조선 숙종 때 중건되었다.
　대(臺) 흙이나 돌 따위로 높이 쌓아 올려 사방을 바라볼 수 있게 만든 곳.
현무문(玄武門) 평양의 북쪽에 있는 성문.
시초(始初) 맨 처음.

"머……."

할 뿐 그는 눈을 들어서 터진 하늘을 쳐다본다.

좋은 눈이었다. 바다의 넓고 큼이 유감없이 그의 눈에 나타나 있다. 그는 뱃사람이라 나는 짐작하였다.

"잘하는구레."

"잘해요?"

그는 나를 잠깐 보고 사람 좋은 웃음을 띤다.

"고향이 영유요?"

"예, 머, 영유서 나기는 했디만, 한 이십 년 영윤 가 보디두 않았시오."

"왜 이십 년씩 고향엘 안 가요?"

"사람의 일이라니 마음대로 됩데까?"

그는 왜 그러는지 한숨을 짓는다.

"거저, 운명의 힘이 데일 힘셉데다."

운명의 힘이 제일 세다는 그의 소리에는 삭이지 못할 원한과 뉘우침이 섞여 있다.

"그래요?"

나는 다만 그를 건너다볼 뿐이다.

한참 잠잠하니 있다가 나는 다시 말하였다.

유감없이(遺憾 --) 섭섭한 마음 없이 흡족하게.
삭이다 긴장이나 화를 풀어 마음을 가라앉히다.

"자, 노형의 경험담이나 한번 들어 봅시다. 감출 일이 아니면 한번 이야기해 보소."

"머, 감출 일은……."

"그럼 어디 들어 봅시다그려."

그는 다시 하늘을 쳐다보았다. 그러나 좀 있다가,

"하디요."

하면서 내가 담배를 붙이는 것을 보고 자기도 담배를 붙여 물고 이야기를 꺼낸다.

"닞히디두 않는 십구 년 전 팔월 열하룻날 일인데요."

하면서 그가 이야기한 바는 대략 이와 같은 것이다.

그의 살던 마을은 영유 고을서 한 이십 리 떠나 있는 바다를 향한 조그만 어촌이다. 그의 살던 조고만 마을(서른 집쯤 되는)에서는 그는 꽤 유명한 사람이었다.

그의 부모는 모두 열댓 세 났을 때 돌아갔고, 남은 사람이라고는 곁집에 딴살림하는 그의 아우 부처와 그 자기 부처뿐이었다. 그들 형제가 그 마을에서 제일 부자이고 또 제일 고기잡이를 잘하였고, 그중 글이 있었고 '배따라기'도 그 마을에서 빼나

노형(老兄) 처음 만났거나 그다지 가깝지 않은 남자 어른들 사이에서, 상대편을 높여 이르는 이인칭 대명사.
곁집 옆집. 이웃하여 있는 집.
부처(夫妻) 부부(夫婦).
✤ 글이 있었고 글을 읽고 쓸 줄 알았고.

게 그 형제가 잘 불렀다. 말하자면 그 형제가 그 동네의 대표적 사람이었다.

팔월 보름은 추석 명절이다. 팔월 열하룻날 그는 명절에 쓸 장도 볼 겸, 그의 아내가 늘 부러워하는 거울도 하나 사 올 겸 장으로 향하였다.

"당손네 집에 있는 거보다 큰 거이요. 닞디 말구요."

그의 아내는 길까지 따라 나오면서 잊지 않도록 부탁하였다.

"안 닞어."

하면서 그는 떠오르는 새빨간 햇빛을 앞으로 받으면서 자기 마을을 나섰다.

그는 아내를 (이렇게 말하기는 우습지만) 고와했다. 그의 아내는 촌에는 드물도록 연연하고도 예쁘게 생겼다. (그는 나에게 이렇게 말하였다.)

"성내(평양) 덴줏골(갈보촌)을 가두 그만한 거 쉽디 않갔시요."

그러니까 촌에서는, 그리고 그 당시에는 남에게 우습게 보이도록 그 내외의 사이는 좋았다. 늙은이들은 계집에게 혹하지 말라고 흔히 그에게 권고하였다.

부처의 사이는 좋았지만 — 아니, 오히려 좋으므로 그는 아내

고와하다 예뻐하다. 좋아하다.
연연하다(娟娟--) 1. 빛이 엷고 산뜻하며 곱다. 2. 아름답고 어여쁘다.
갈보 남자들에게 몸을 파는 여자를 속되게 이르는 말. '갈보촌'은 이들이 모여 있는 마을.
❋ 그만한 거 쉽디 않갔시요 자기 아내만큼 연연하고 예쁜 여자를 찾기가 쉽지 않다는 의미이다.
권고하다(勸告--) 어떤 일을 하도록 권하다.

에게 샘을 많이 하였다. 그리고 그의 아내는 시기를 받을 일을 많이 하였다. 품행이 나쁘다는 것이 아니라, 그의 아내는 대단히 천진스럽고 쾌활한 성질로서 아무에게나 말 잘하고 애교를 잘 부렸다.

그 동리에서는 무슨 명절이나 되면, 집이 그중 정결함을 핑계 삼아 젊은이들은 모두 그의 집에 모이고 하였다. 그 젊은이들은 모두 그의 아내에게 '아즈마니'라 부르고, 그의 아내는 '아즈바니 아즈바니' 하며 그들과 지껄이고 즐기며, 그 웃기 잘하는 입에는 늘 웃음을 흘리고 있었다. 그럴 때마다 그는 한편 구석에서 눈만 힐금거리며 있다가 젊은이들이 돌아간 뒤에는 불문곡직하고 아내에게 덤비어들어 발길로 차고 때리며, 이전에 사다 주었던 것을 모두 걷어 올린다. 싸움을 할 때에는 언제든 곁집에 있는 아우 부처가 말리러 오며, 그렇게 되면 언제든 그는 아우 부처까지 때려 주었다.

그가 아우에게 그렇게 구는 데는 이유가 있었다. 그의 아우는 시골 사람에게는 쉽지 않도록 늠름한 위엄이 있었고, 만날 바닷바람을 쐬었지만 얼굴이 희었다. 이것뿐으로도 시기가 된다 하면 되지만, 특별히 아내가 그의 아우에게 친절히 하는 데는 그는 속이 끓어 못 견디었다.

시기(猜忌) 남이 잘 되는 것을 샘하여 미워함.
불문곡직하다(不問曲直--) 옳고 그름을 따지지 아니하다.

그가 영유를 떠나기 반년 전쯤 — 다시 말하자면 그가 거울을 사러 장에 갈 때부터 반년 전쯤 그의 생일날이었다. 그의 집에서는 음식을 차려서 잘 먹었는데, 그에게는 괴상한 버릇이 있었으니, 맛있는 음식은 남겨 두었다가 좀 있다 먹고 하는 것이 습관이었다. 그의 아내도 이 버릇은 잘 알 터인데 그의 아우가 점심때쯤 오니까 아까 그가 아껴서 남겨 두었던 그 음식을 아우에게 주려 하였다. 그는 눈을 부릅뜨고 '못 주리라'고 암호하였지만, 아내는 그것을 보았는지 못 보았는지 그의 아우에게 주어 버렸다. 그는 마음속이 자못˙ 편치 못하였다. '트집만 있으면 이년을…….' 그는 마음먹었다.

그의 아내는 시아우에게 상을 준 뒤에 물러오다가 그만 그의 발을 조금 밟았다.

"이년!"

그는 힘껏 발을 들어서 아내를 냅다 찼다. 그의 아내는 상 위에 거꾸러졌다가 일어난다.

"이년, 사나이 발을 짓밟는 년이 어디 있어!"

"거 좀 밟아서 발이 부러뎄쉐까?"

아내는 낯이 새빨개져서 울음 섞인 소리로 고함친다.

"이년! 말대답이……."

그는 일어서서 아내의 머리채를 휘어잡았다.

자못 생각보다 매우.

"형님! 왜 이리십니까?"

아우가 일어서면서 그를 붙잡았다.

"가만 있거라, 이놈의 자식."

하며 그는 아우를 밀친 뒤에 아내를 되는 대로 내리찧었다.

"죽일 년, 이년! 나가거라!"

"죽에라, 죽에라! 난 죽어두 이 집에선 못 나가!"

"못 나가?"

"못 나가디 않구. 뉘 집이게……."

이때다. 그의 마음에는 그 '못 나가겠다'는 아내의 마음이 푹 들이박혔다. 그 이상 때리기가 싫었다.* 우두커니 눈만 흘기고 있다가 그는,

"망할 년, 그럼 내 나갈라."

하고 그만 문밖으로 뛰어나와서,

"형님, 어디 갑니까?"

하는 아우의 말에는 대답도 안 하고, 곁동네 탁주집으로 뒤도 안 돌아보고 가서, 거기 있는 술 파는 계집과 술상 앞에 마주 앉았다.

그날 저녁 얼근히 취한 그는 아내를 위하여 떡을 한 돈어치 사 가지고 집으로 돌아왔다.

이리하여 또 서너 달은 평화가 이르렀다. 그러나 이 평화가

✤ 그의 마음에는 그 '못 나가겠다'는 ~ 그 이상 때리기가 싫었다 '못 나가겠다'는 아내의 말에서 그는 자신을 사랑하는 아내의 마음을 읽게 되어 더 이상 아내를 때리기 싫어졌다는 의미이다.
돈어치 돈값에 맞먹는 분량이나 정도.

언제까지든 계속될 수가 없었다. 그의 아우로 말미암아 또 평화는 쩌개져 나갔다.

오월 초승부터 영유 고을 출입이 잦던 그의 아우는 오월 그믐께부터는 고을서 며칠씩 묵어 오는 일이 많았다. 함께 고을에 첩을 얻어 두었다는 소문이 퍼졌다. 이 소문이 있은 뒤는 아내는 그의 아우가 고을 들어가는 것을 벌레보다도 더 싫어하고, 며칠 묵어나 오는 때면 곧 아우의 집으로 가서 그와 담판을 하며, 심지어 동서 되는 아우의 처에게까지 못 가게 하지 않는다고 싸우는 일이 있었다. 칠월 초승께 그의 아우는 고을에 들어가서 열흘쯤 묵어 온 일이 있었다. 이때도 전과 같이 그의 아내는 그의 아우며 제수와 싸우다 못하여 마침내 그에게까지 와서, 아우가 그런 못된 데를 다니는 것을 그냥 둔다고, 해 보자 한다. 그 꼴을 곱게 보지 않았던 그는 첫마디로 고함을 쳤다.

"네게 상관이 무에가? 듣기 싫다."

"못난둥이. 아우가 그런 델 댕기는 걸 말리디두 못하구!"

분김에 이렇게 그의 아내는 고함쳤다.

"이년, 무얼?"

그는 벌떡 일어섰다.

쩌개지다 크고 단단한 물체가 연장 등에 베이거나 쩍혀서 두 쪽으로 벌리어 갈라지다.
초승(初生) 음력으로 그달 초하루부터 처음 며칠 동안.
그믐께 그믐날(음력으로 그달의 마지막 날) 앞뒤의 며칠 동안.
담판(談判) 서로 맞선 관계에 있는 쌍방이 의논하여 옳고 그름을 판단함.
동서(同壻) 시아주버니나 시동생의 아내, 처형이나 처제의 남편을 이르는 말.

"못난둥이!"

그 말이 채 끝나기 전에 그의 아내는 악 소리와 함께 그 자리에 거꾸러졌다.

"이년! 사나이게 그따웃 말버릇 어디서 배완!"

"에미네 때리는 건 어디서 배왔노? 못난둥이!"

그의 아내는 울음소리로 부르짖었다.

"샹년, 그냥? 나갈! 우리 집에 있디 말구 나갈!"

그는 내리찧으면서 부르짖었다. 그리고 아내는 문을 열고 밀쳤다.

"나가디 않으리!"

하고 그의 아내는 울면서 뛰어나갔다.

"망할 년!"

토하는 듯이 중얼거리고 그는 그 자리에 주저앉았다.

그의 아내는 해가 져서 어두워져도 돌아오지 않았다. 일단 내어쫓기는 하였지만 그는 아내의 돌아옴을 기다리고 있었다. 어두워져도 그는 불도 안 켜고 성이 나서 우들우들 떨면서 아내의 돌아오기를 기다렸다. 그러나 그의 아내의 참 기쁜 듯이 웃는 소리가 그의 아우의 집에서 밤새도록 울리어 왔다. 그는 움쩍도 안 하고 고 자리에 앉아서 밤을 새운 뒤에 새벽 동터 올 때 아내와 아우를 죽이려고 부엌에 가서 식칼을 가지고 들어와서

토하다(吐--) 느낌이나 생각을 소리나 말로 힘 있게 드러내다.

문을 벌컥 열었다.

그의 아내로서 만약 근심스러운 얼굴을 하고 그 문밖에 우두커니 서서 문을 들여다보고 있지 않았더라면, 그는 아내와 아우를 죽이고야 말았으리라.

그는 아내를 보는 순간 마음에 가득 차는 사랑을 깨달으면서 칼을 내던지고 뛰어나가서 아내의 머리채를 휘어잡고, 이년 하면서 들어와서 뺨을 물어뜯으면서 함께 이리저리 자빠져서 뒹굴었다.

이리하여 평화는 또 이르렀다.

그런 이야기를 다 하려면 끝이 없으되 다만 '그', '그의 아내', '그의 아우' 세 사람의 삼각관계는 대략 이와 같았다.

각설(却說).

거울은 마침 장에 마음에 맞는 것이 있었다. 지금 것과 대보면, 어떤 때는 코도 크게 보이고 입이 작게도 보이는 것이지만, 그 당시에는 그렇고 그런 촌에서는 둘도 없는 귀물이었다.

거울을 사 가지고 장을 본 뒤에 그는 이 거울을 아내에게 주면 그 기뻐할 모양을 생각하며 새빨간 저녁 햇빛을 받는 넘치는 듯한 바다를 안고 자기 집으로, 늘 들러 오던 탁주집에도 안 들러서 돌아왔다.

각설(却說) 말이나 글 따위에서, 이제까지 다루던 내용을 그만두고 화제를 다른 쪽으로 돌림.
귀물(貴物) 1. 귀중한 물건. 2. 드물어서 얻기 어려운 물건.

그러나 그가 그의 집 방 안에 들어설 때에는 뜻도 안 하였던 광경이 그의 눈에 벌이어 있었다.

방 가운데는 떡상이 있고, 그의 아우는 수건이 벗어져서 목 뒤로 늘어지고, 저고리 고름이 모두 풀어져 가지고 한편 모퉁이에 서 있고, 아내도 머리채가 모두 뒤로 늘어지고, 치마가 배꼽 아래 늘어지도록 되어 있으며, 그의 아내와 아우는 그를 보고 어찌할 줄을 모르는 듯이 움쩍도 안 하고 서 있었다.

세 사람은 한참 동안 어이가 없어서 서 있었다. 그러나 좀 있다가 마침내 그의 아우가 겨우 말했다.

"그놈의 쥐 어디 갔니?"

"흥! 쥐? 훌륭한 쥐 잡댔구나!"

그는 말을 끝내지도 않고 짐을 벗어던지고 뛰어가서 아우의

멱살을 그러잡았다.

"형님! 정말 쥐가……."

"쥐? 이놈, 형수하고 그런 쥐 잡는 놈이 어디 있니?"

그는 아우를 따귀를 몇 대 때린 뒤에 등을 밀어서 문밖에 내어던졌다. 그런 뒤에 이제 자기에게 이를 매를 생각하고 우들우들 떨면서 아랫목에 서 있는 아내에게 달려들었다.

"이년! 시아우와 그런 쥐 잡는 년이 어디 있어!"

그는 아내를 거꾸러뜨리고 함부로 내리찧었다.

"정말 쥐가……. 아이, 죽갔다."

"이년! 너두 쥐? 죽어라!"

그의 팔다리는 함부로 아내의 몸에 오르내렸다.

"아이, 죽갔다. 정말 아까 적은이(시아우) 왔기에 떡 자시라구 내놓았더니……."

그러잡다 자신이 있는 쪽으로 당겨 붙잡다.

"듣기 싫다! 시아우 붙은 년이, 무슨 잔소릴……."

"아이, 아이, 정말이야요. 쥐가 한 마리 나……."

"그냥 쥐?"

"쥐 잡을래다가……."

"샹년! 죽어라! 물에래두 빠데 죽얼!"

그는 실컷 때린 뒤에, 아내도 아우처럼 등을 밀어 내어쏘았다. 그 뒤에 그의 등으로,

"고기 배때기에 장사해라!"

하고 토하였다.

분풀이는 실컷 하였지만, 그래도 마음속이 자못 편치 못하였다. 그는 아랫목으로 가서, 바람벽을 의지하고 실신한 사람같이 우두커니 서서 떡상만 들여다보고 있었다.

한 시간…… 두 시간…….

서편으로 바다를 향한 마을이라 다른 곳보다는 늦게 어둡지만, 그래도 술시(戌時)쯤 되어서는 깜깜하니 어두웠다. 그는 불을 켜려고 바람벽에서 떠나 성냥을 찾으러 돌아갔다.

성냥은 늘 있던 자리에 있지 않았다. 그래서 여기저기 뒤적이

내어쏘다 문맥상 '내쫓다'의 의미임.
✿ 고기 배때기에 장사해라 죽어서 물고기의 먹이가 되어라. 즉, 물에 빠져 죽으라는 말이다.
바람벽(--壁) 방이나 칸살의 옆을 둘러막은 둘레의 벽.
 칸살 일정한 간격으로 어떤 건물이나 물건에 사이를 갈라서 나누는 살.
실신하다(失神--) 병이나 충격 따위로 정신을 잃다.
술시(戌時) 십이시(十二時)의 열한째 시. 오후 일곱 시부터 아홉 시까지이다.

노라니까, 어떤 낡은 옷 뭉치를 들출 때에 문득 쥐 소리가 나면서 무엇이 후닥닥 뛰어나온다. 그리하여 저편으로 기어서 도망한다.

"역시 쥐댔구나."

그는 조그만 소리로 부르짖었다. 그리고 그만 그 자리에 맥없이 털썩 주저앉았다.

아까 그가 보지 못한 때의 광경이 활동사진과 같이 그의 머리에 지나갔다.

아우가 집에를 온다. 아우에게 친절한 아내는 떡을 먹으라고 아우에게 떡상을 내놓는다. 그때에 어디선가 쥐가 한 마리 뛰어나온다. 둘(아우와 아내)이서는 쥐를 잡노라고 돌아간다. 한참 성화시키던 쥐는 어느 구석에 숨어 버린다. 그들은 쥐를 찾느라고 두룩거린다. 그럴 때에 그가 집에 들어선 것이다.

"샹년, 좀 있으믄 안 들어오리……."

그는 억지로 마음먹고 그 자리에 드러누웠다.

그러나 아내는 밤이 가고 날이 밝기는커녕 해가 중천에 올라도 돌아오지를 않았다. 그는 차차 걱정이 나서 찾아보러 나섰다.

아우의 집에도 없었다. 동네를 모두 찾아보아도 본 사람도 없다 한다.

맥없이(脈--) 기운이 없이.
활동사진(活動寫眞) '영화(映畫)'의 옛 용어. 움직이는 사진이라는 뜻.
성화(成火) 1. 일 따위가 뜻대로 되지 아니하여 답답하고 애가 탐. 2. 몹시 귀찮게 구는 일.
두룩거리다 크고 둥그런 눈알을 조금 천천히 자꾸 굴리다.

배따라기

그리하여, 낮쯤 한 삼사 리 내려가서 바닷가에서 겨우 아내를 찾기는 찾았지만, 그 아내는 이전 같은 생기로 찬 산 아내가 아니요, 몸은 물에 불어서 곱이나 크게 되고, 이전에 늘 웃음을 흘리던 이쁜 입에는 거품을 잔뜩 문, 죽은 아내이다.

그는 아내를 업고 집으로 돌아오기까지 정신이 없었다.

이튿날 간단하게 장사를 하였다. 뒤에 따라오는 아우의 얼굴에는,

"형님, 이게 웬일이오니까?"

하는 듯한 원망이 있었다.

장사를 지낸 이튿날부터 아우는 그 조그만 마을에서 없어졌다. 하루 이틀은 심상히 지냈지만, 닷새 엿새가 지나도 아우는 돌아오지 않았다. 그래서 알아보니까, 꼭 그의 아우같이 생긴 사람이 오륙 일 전에 멧산재보따리를 하여 진 뒤에 시뻘건 저녁 해를 등으로 받고 더벅더벅 동쪽으로 가더라 한다. 그리하여 열흘이 지나고 스무 날이 지났지만 한번 떠난 그의 아우는 돌아올 길이 없고, 혼자 남은 아우의 아내는 매일 한숨으로 세월을 보내게 되었다. 그도 이것을 잠자코 보고 있을 수가 없었다. 그 불행의 모든 죄는 죄 그에게 있었다.

심상히(尋常-) 대수롭지 않고 예사롭게.
멧산재보따리 '괴나리봇짐'의 사투리. 걸어서 먼 길을 떠날 때에 보자기에 싸서 어깨에 메는 작은 짐.
죄 죄다. 남김없이 모조리.

그도 마침내 뱃사람이 되어, 적으나마 아내를 삼킨 바다와 늘 접근하며, 가는 곳마다 아우의 소식을 알아보려고 어떤 배를 얻어 타고 물길을 나섰다.

그는 가는 곳마다 아우의 이름과 모습을 말하여 물었으나 아우의 소식은 알 수가 없었다.

이리하여 꿈결같이 십 년을 지내서 구 년 전 가을, 탁탁히 낀 안개를 꿰며 연안(延安) 바다를 지나가던 그의 배는 몹시 부는 바람으로 말미암아 파선을 하여 벗 몇 사람은 죽고 그는 정신을 잃고 물 위에 떠돌고 있었다.

그가 겨우 정신을 차린 때는 밤이었었다. 그리고 어느덧 그는 뭍 위에 올라와 있었고, 그를 말리느라고 새빨갛게 피워 놓은 불빛으로 자기를 간호하는 아우를 보았다.

그는 이상히도 놀라지도 않고, 천연하게 물었다.

"너, 어딯게 여기 완?"

아우는 잠자코 한참 있다가 겨우 대답하였다.

"형님, 거저 다 운명이외다."

따뜻한 불기운에 깜빡 잠이 들려다가 그는 화닥닥 깨면서 또 말했다.

탁탁하다 피륙 따위의 바탕이 촘촘하고 두껍다. 여기에서는 안개가 자욱하게 낀 모습을 나타냄.
연안(延安) 황해도에 있는 읍.
파선(破船) 풍파를 만나거나 암초 따위의 장애물에 부딪쳐 배가 파괴됨. 또는 그 배.
뭍 섬이 아닌 본토(本土).
천연하다(天然--) 시치미를 뚝 떼어 겉으로는 아무렇지 아니한 듯하다.

"십 년 동안에 되게 파랬구나."

"형님, 나두 변했거니와 형님두 몹시 늙으셨쉐다."

이 말을 꿈결같이 들으면서 그는 또 혼혼히 잠이 들었다. 그리하여 두어 시간, 꿀보다도 단 잠을 잔 뒤에 깨어 보니 아까같이 새빨간 불은 피어 있지만 아우는 어디로 갔는지 없어졌다. 곁엣사람에게 물어보니까, 아우는 형의 얼굴을 물끄러미 한참 들여다보고 있다가 새빨간 불빛을 등으로 받으면서, 더벅더벅 아무 말 없이 어두움 가운데로 스러졌다 한다.

이튿날 아무리 알아보아야 그의 아우는 종적이 없어지고 알 수 없으므로, 그는 하릴없이 다른 배를 얻어 타고 또 물길을 떠났다. 그리하여 그의 배가 해주에 이르렀을 때 그는 해주장에 들어가서 무엇을 사려다가 저편 맞은편 가게에 얼핏 그의 아우 같은 사람이 있으므로 뛰어가서 보니 그는 벌써 없어졌다. 배가 해주에는 오래 머물지 않으므로 그의 마음은 해주에 남겨 두고 또다시 바닷길을 떠났다.

그 뒤에 삼 년을 이리저리 돌아다녔어도 아우는 다시 볼 수가 없었다.

그리하여 삼 년을 지내서 지금부터 육 년 전에, 그의 탄 배가

파래다 '파리하다'의 사투리. 몸이 쇠약하여 마르고 해쓱하다.
혼혼히(昏昏-) 정신이 가물가물하고 희미하게.
스러지다 형체나 현상 따위가 차차 희미해지면서 없어지다.
종적(蹤跡/蹤迹) 없어지거나 떠난 뒤에 남는 자취나 형상.
하릴없이 달리 어떻게 할 도리가 없이.

강화도를 지날 때에, 바다를 향한 가파른 메켠에서 바다를 향하여 날아오는 '배따라기'를 들었다. 그것도 어떤 구절과 곡조는 그의 아우 특식으로 변경된 — 그의 아우가 아니면 부를 사람이 없는 그 '배따라기'이다.

배가 강화도에는 머물지 않아서 그저 지나갔으나 인천서 열흘쯤 머물게 되었으므로, 그는 곧 내려서 강화도로 건너가 보았다. 거기서 이리저리 찾아다니다가, 어떤 조그만 객줏집에서 물어보니, 이름도 그의 아우요, 생긴 모습도 그의 아우인 사람이 묵어 있기는 하였으나, 사나흘 전에 도로 인천으로 갔다 한다. 그는 돌아서서 인천으로 건너와서 찾아보았지만 그 조그만 인천서도 그의 아우를 찾을 바가 없었다.

그 뒤에 눈 오고 비 오며 육 년이 지났지만, 그는 다시 아우를 만나 보지 못하고 아우의 생사까지도 알 수가 없다.

말을 끝낸 그의 눈에는 저녁 해에 반사하여 몇 방울의 눈물이 반득인다.

나는 한참 있다가 겨우 물었다.

"노형 계수는?"

메켠 산비탈. '메'는 산을 예스럽게 이르는 말이고, '켠'은 비탈의 사투리이다.
특식(特式) 특별한 방식.
객줏집(客主-) 예전에, 길 가는 나그네들에게 술이나 음식을 팔고 손님을 재우는 영업을 하던 집.
계수(季嫂) 제수(弟嫂). 남자 형제 사이에서 동생의 아내를 이르는 말.

"모르디요. 이십 년을 영유는 안 가 봤으니깐요."

"노형은 이제 어디루 갈 테요?"

"것두 모르디요. 덩처가 있나요? 바람 부는 대로 몰려댕기디요."

그는 다시 한 번 나를 위하여 '배따라기'를 불렀다. 아아, 그 속에 잠겨 있는 삭이지 못할 뉘우침, 바다에 대한 애처로운 그리움.

노래를 끝낸 다음에 그는 일어서서 시뻘건 저녁 해를 잔뜩 등으로 받고, 을밀대로 향하여 더벅더벅 걸어갔다. 나는 그를 말릴 힘이 없어서 눈이 멀거니 그의 등만 바라보고 앉아 있었다.

그날 밤, 집에 돌아와서도 그 '배따라기'와 그의 숙명적 경험담이 귀에 쟁쟁히 울리어서 잠을 못 이루고 이튿날 아침 깨어서 조반도 안 먹고 기자묘로 뛰어가서 또다시 그를 찾아보았다. 그가 어제 깔고 앉았던 풀은 모두 한편으로 누워서 그가 다녀감을 기념하되 그는 그 근처에 보이지 않았다. 그러나, 그러나 '배따라기'는 어디선가 쟁쟁히 울리어서 모든 소나무들을 떨리지 않고는 안 두겠다는 듯이 날아온다.

"모란봉이다. 모란봉에 있다."

하고 나는 한숨에 모란봉으로 뛰어갔다. 모란봉에는 사람이 하나도 없다. 부벽루(浮碧樓)에도 없다.

"을밀대다."

덩처 정처(定處). 정한 곳. 또는 일정한 장소.
부벽루(浮碧樓) 평안남도 평양시 모란대 밑 청류벽 위에 있는 누각. 대동강에 면하여 있어 마치 물 위에 떠 있는 느낌을 주는 아름다운 누각이다.

하고 나는 다시 을밀대로 갔다. 을밀대에서 부벽루를 연한˚, 지옥까지 연한 듯한 골짜기에 물 한 방울을 안 새리라 빽빽이 난 소나무의 그 모든 잎잎은 떨리는 '배따라기'를 부르고 있지만 그는 여기도 있지 않다. 기자묘의 하늘을 향하여 퍼져 나간 그 모든 소나무의 천만의 잎잎도, 그 아래쪽 퍼진 천만의 풀들도 모두 그 '배따라기'를 슬프게 부르고 있지만, 그는 이 조그만 모란봉 일대에서 찾을 수가 없었다.

강가에 나가서 알아보니, 그의 배는 오늘 새벽에 떠났다 한다.

그 뒤에 여름과 가을이 가고 일 년이 지나서 다시 봄이 이르렀으되, 잠깐 평양을 다녀간 그는 그 숙명적˚ 경험담과 슬픈 '배따라기'를 남겨 두었을 뿐, 다시 조그만 모란봉에 나타나지 않는다.

모란봉과 기자묘에 다시 봄이 이르러서, 작년에 그가 깔고 앉아서 부러졌던 풀들도 다시 곧게 대가 나서 자줏빛 꽃이 피려 하지만, 끝없는 뉘우침을 다만 한낱 '배따라기'로 하소연하는 그는 이 조그만 모란봉과 기자묘에서 다시 볼 수가 없었다. 다만 그가 남기고 간 '배따라기'만 추억하는 듯이, 기념하는 듯이 모든 잎잎이 속삭이고 있을 따름이다.

■「창조」(1921. 5) ; 『김동인 단편 전집 1』(가람기획, 2006)

연하다(連--) 잇닿아 있다. 또는 잇대어 있다.
숙명적(宿命的) 이미 정해진 운명에 의한. 또는 그런 것.

배따라기 **작품 해설**

등장인물 들여다보기

나

외부 이야기의 서술자이자 내부 이야기를 들려주는 전달자입니다. '나'는 어느 화창한 봄날 대동강으로 봄 경치를 구경 갔다가 누군가 배따라기를 구슬프게 잘 부르는 것을 듣고는 그 사람을 찾습니다. 그리고 그가 왜 이십 년 동안 고향에 가지 않고 배를 타고 떠돌아다니는지 그 사연을 이끌어 냅니다.

외부 이야기에서 '나'는 자연과 예술을 사랑하는 면모를 보이고 있는데, 유토피아를 꿈꾼 진시황을 위대한 인격의 소유자라고 예찬하는 등 단순한 이야기 전달자에 그치지 않고 예술 지상주의적인 취향과 개성을 지니고 있음을 드러내고 있습니다.

그

내부 이야기의 주인공으로, 도덕이나 윤리, 이성에 의해 행동하기보다 충동적인 감정과 본능에 의해 행동하는, 격정적인 성격의 소유자입니다. 배따라기를 잘 부르는 예인(藝人)이기도 하지요. 고향 마을에서 아우 내외와 이웃하여 살고 있으며, 그 마을에서 제일 부자이고, 아우와 함께 고기잡이도 잘하고, 글을 읽고 쓸 줄 아는 등 '그 동네의 대표적 사람'이었습니다.

'그'는 아내에 대한 사랑이 깊었는데, 그만큼 시기도 많이 하였습니다. 어여쁜 아내가 아무에게나 말 잘하고 애교를 잘 부리는 것을 시샘하고, 심지어 아내가 아우에게 특별히 친절하게 대하는 것으로 인해 둘 사이를 질투합니다. 이러한 '그'의 질투로 인해 오해가 생겨 결국 아내는 죽음에 이르게 되고, 아우는 집을 떠나게 됩니다. 이후 '그'는 뱃사람이 되어 아내를 삼킨 바다에서 떠나지 못하고, 집을 떠난 아우를 찾아 각지를 떠돌아다니며 회한에 찬 삶을 살아가게 됩니다.

'그'의 아내

미인인 데다가 천진스럽고 쾌활하며, 붙임성도 좋아 아무에게나 말 잘하고 애교도 잘 부리는 여성입니다. 특히 '그(남편)'의 아우(시동생)에게 친절히 대해서 '그'의 질투심을 불러일으킵니다. 어느 날 시동생과 함께 쥐를 잡으려다가 남편의 오해를 사, 남편에게 폭행을 당하고 내쫓긴 뒤에 바다에 빠져 죽고 맙니다.

'그'의 아우

촌사람에게는 다시없도록 늠름한 위엄이 있고 얼굴이 흰 미남자로, '그(형)'와 마찬가지로 배따라기를 아주 잘 부릅니다. 자신과 형수의 사이를 오해한 '그'로 인해 형수가 자살하자, 고향을 떠나 일생을 방랑하며 살아갑니다. 이후 자신을 찾아 헤매는 형이 풍랑을 만나 파선하여 정신을 잃었을 때 형을 구해 주고는 다시 형의 곁을 떠나, 동생을 찾아 다니는 형의 방랑적 삶의 원인이 되는 인물입니다.

● 작품 Q&A

"선생님, 궁금해요!"

Q 이 작품의 시간적, 공간적 배경에 대해 설명해 주세요.

A 이 작품에는 시간적 배경에 대한 특별한 언급이 없어요. 다만 작품의 처음 부분에서 계절적으로 '봄'이라는 것만 알 수 있지요. 이처럼 어느 시대를 배경으로 삼고 있는지 알 수 없는 작품은, 작품이 창작된 당시를 시간적 배경으로 삼고 있다고 보면 돼요.

이 작품은 1921년에 발표되었으니 1920년을 전후한 시대를 배경으로 삼고 있다고 할 수 있지요. 그런데 작품의 내부 이야기인 '그'의 이야기는 '십구 년 전'으로 거슬러 올라갑니다. 그러니까 아마도 1900년을 전후한 시기부터 작품 속의 현재, 즉 1920년을 전후한 시기까지를 시간적 배경으로 삼고 있다고 보면 될 거예요.

그리고 이 작품은 외부 이야기와 내부 이야기가 나뉘어 있는, 이른바 '액자 소설'이에요. 액자 소설이란 이야기 속에 또 하나의 이야기가 마치 액자 속 사진처럼 끼어 있는 소설을 말합니다.

이 작품에서도 외부 이야기에서는 '나'가 '그'를 만나는 과정이 전개되다가 내부 이야기에서는 오로지 '그'의 이야기가 펼쳐지고 있습니다. 그래서 공간적 배경도 외부 이야기와 내부 이야기가 각각 달라요. 외부 이야기에서의 공간적 배경은 평양이고, 내부 이야기에서의 공간적 배경은 '그'의 고향인 영유와, '그'가 아우를 찾으러 돌아다니다가 아우와 마주치게 되는 연안, 해주, 강화도 등이 됩니다.

Q 이 작품의 주인공은 누구인가요? '나'인가요, 아니면 '그'인가요?

A 대부분의 액자 소설에서는 내부 이야기가 외부 이야기에 비해 더 중요해요. 이 작품에서도 '나'는 '그'를 만나 '그'의 이야기를 이끌어 내는 역할만 할 뿐 특별한 사건을 만들지는 못하고 있어요. 그래서 이 작품을 읽은 후 독자는 주로 '그'의 이야기가 기억에 남지요. 그러므로 이 작품의 주인공은 '나'가 아니라 '그'라고 보아야 해요.

물론 이 작품에서 '나'는 단순한 이야기의 전달자 역할만 하는 건 아니에요. 대동강가에서 봄의 정취를 맛보기도 하고, 그러다가 갑자기 진시황을 예찬하기도 하고, '그'가 부르는 배따라기를 듣고 '그'를 찾아내어 '그'의 이야기를 적극적으로 이끌어 내기도 하고, '그'와 헤어진 뒤에도 '그'의 숙명적 경험담과 배따라기를 추억하는 역할을 하는 등 작품 속에서 그 비중이 작지 않지요. 참고로, 진시황 예찬 부분은 작품의 전체적인 분위기와는 잘 어울리지 않는 내용이에요. 작가가 자신의 생각을 마치 작품 속의 허구적 인물인 '나'의 생각인 듯이 꾸며서 넌지시 작품 속에 끼워 넣은 듯한 느낌을 주지요. 진시황이 흔히 책을 불태우고 학자들을 죽인 폭군으로 알려져 있으나 유토피아를 추구한 위대한 사람이었다는 것이 '나'의 생각인데, 이처럼 역사적인 상식을 거꾸로 생각해 보고 재평가

하는 것을 작가 김동인은 추구했던 듯해요. 그의 장편 가운데 〈대수양〉이 있는데, 이 작품도 흔히 폭력적인 방법으로 왕위를 찬탈한 것으로 알려진 '수양 대군(세조)'을 재평가하면서 위대한 왕으로 형상화하고 있어요.

Q '그'의 이야기를 보면, 오해가 결국 비극적인 결과를 낳고 있어요. 그러면 이 작품의 주제는 '오해로 인한 비극'이라고 할 수 있는 건가요?

A 그렇게 볼 수도 있어요. '그'의 이야기가 작품의 중심 내용이고, '그'의 오해로 인해 아내는 자살하고 아우는 고향을 떠나버리는 결과를 가져오기 때문이지요. 그 후 '그'는 뱃사람이 되어 아우를 찾아 세상을 돌아다니지만, 한 번 아우와 우연히 만나고는 그 뒤로도 계속 아우를 만나지 못하고 아우의 생사도 알지 못한 채 세상을 떠돌아다니고 있어요.

그런데 '그'의 오해는 우연히 일어난 것만은 아니에요. '그'의 아내는 '그'와 사이가 좋았지만 '시기를 받을 만한 일을 많이 한' 인물로 그려져 있어요. 대단히 천진스럽고 쾌활하여 아무에게나 애교를 잘 부렸고, 특히 '그'의 아우(그녀에게는 시동생이지요.)를 잘 챙겨 주어서 '그'의 질투를 불러일으키고 있지요. 반면 '그'는 이기적인 데다가 순간적인 감정에 사로잡혀 아내를 오해하고 질투하며 폭력을 가하는 충동적인 인물이고요. 그러니까 비극의 싹이 되는 오해 뒤에는 성격적인 갈등(아내의 사랑을 독점하고 싶은 '그'의 성격과 모두에게 다정한 '아내'의 성격 사이의 갈등)과 질투, 시기의 감정이 가로놓여 있는 거예요. 아내와 아우 사이에도 실제로 '그'가 오해할 만한 일은 없었으나 남다른 애정이 있었던 것으로 보여요. 즉, 단순한 오해가 아니라 성격의 차이에 따른 갈등과 질투의 감정에 바탕을 둔 오해인 만큼, 이 작품에서 그려지는 비극은 인간이 지니고 있는 원초적인 감정(사랑과 그에 따른 질투)과 성격에 의한 갈등에 기인한다고 할 수 있어요.

Q '그'는 자신의 이야기를 시작하기 전에 "운명의 힘이 데일 힘셉데다."라고 말하는데, 이 말과 '그'의 이야기는 어떤 관계가 있는 것일까요?

A '운명'은 '인간을 포함한 모든 것을 지배하는 초인간적인 힘 또는 그것에 의하여 이미 정하여져 있는 목숨이나 처지'라는 뜻이에요. 이 작품에서 '그'가 "운명의 힘이 데일(제일) 힘셉데다."라고 이야기하는 것은, 자신이 겪은 비극적인 사건과 그 뒤 아우와 만나지 못하고 있는 현실을 바로 '운명'의 힘 때문이라고 생각한다는 것을 말해 주지요. 그러니까 인간으로서는 어찌할 수 없는 초월적인 힘 혹은 정해진 운명 때문에, 자신은 아내와 아우를 질투하고 오해하여 가정의 비극을 낳았고, 그 뒤로도 아우를 찾아 헤매지만 다시 만날 수 없는 운명에 놓여 있다고 생각한다는 것입니다. 그러니까 "운명의 힘이 데일 힘셉데다."는 '그'가 풀어내는 이야기를 요약하는 말이라 할 수 있지요.

세상에는 자신의 의지로 무엇인가를 추구하다가 좌절되는 일이 종종 일어납니다. 그럴 때 사람들은 그 좌절과 실패를 흔히 '운명'

때문이라고 생각하곤 하지요. 그래서 '운명'은 좌절과 실패를 맛본 사람들에게 한편으로는 '위안'이 되기도 해요. 모든 것을 운명의 탓으로 돌리면 자기 자신의 책임은 그만큼 줄어들 테니까요. 그런데 이렇게 모든 것을 운명의 탓으로 돌리게 되면 좌절과 실패의 진정한 원인을 찾는 것은 어려워지기도 해요. 하지만 이 작품에서 '그'가 '운명의 힘이 제일 세다'라고 할 때에는 모든 것을 운명의 탓이라 생각하고 자신의 책임을 회피하려는 것은 아니에요. 다만 자신의 의지로는 어찌할 수 없는 세상사가 있다는 사실을 겸허하게 수용하려는 자세에서 나오는 말이라고 이해할 수 있지요.

Q 제목인 '배따라기'는 노래라는데, 이 노래는 작품의 주제와 어떤 관련이 있나요?

A '배따라기'는 주인공인 '그'가 부르는 노래입니다. '나'는 어느 날 평양의 자연을 즐기다가 '그'가 부르는 배따라기를 듣고는 '그'를 찾아내어 '그'의 이야기를 이끌어 내지요. 그러니까 배따라기는 이 작품의 주요 내용인 '그'의 사연을 이끌어 내는 매개체 역할을 하는 거예요.

옛날 사람들은 일을 하면서 노래를 즐겨 불렀는데, 실제로 배따라기는 '배를 떠나보내는 노래'라는 뜻의 민요로, 고기잡이를 하는 뱃사람들이 즐겨 불렀던 노래입니다. 옛날 사람들은 고기잡이를 나가서 풍랑을 만나 죽는 일이 허다했어요. 그런데도 먹고살기 위해 어쩔 수 없이 고깃배를 타야 했지요. 어부들의 이러한 사정을 담고 있는 배따라기는 '속절없는 애처로움'의 구슬픈 곡조를 띠고 있어요. 바로 이 '속절없는 애처로움'이 한때의 격정적인 오해로 인해 아내를 잃고 아우도 멀리 떠나 아우를 찾아 헤매는 '그'의 처지와 잘 부합해요. 그러니까 배따라기는 비단 '그'의 사연을 이끌어 내는 매개체일 뿐만 아니라 '그'의 사연이 불러일으키는 정서를 잘 함축하기도 해요. 이 작품은 주제가 뚜렷하기보다는 '그'의 사연과 처지가 환기하는 서정성이 더 중요한데, 배따라기라는 노래는 그 서정성을 더 돋보이게 만드는 역할을 하지요.

※ 더 읽어 봅시다 ※

예술 지상주의적 성향을 보여 주는, 작가의 또 다른 작품
김동인, 〈광염 소나타〉 _예술적 천재성을 타고났으나 범죄를 저질러야만 그 천재성이 발휘되는 주인공을 통해 '뛰어난 예술 작품을 낳은 범죄는 용서될 수 있지 않으냐'라는 문제를 제기하고 있다.

오해로 인한 비극이 드러나는 작품
나도향, 〈벙어리 삼룡이〉 _말 못하는 벙어리이나 충직한 머슴인 삼룡이가, 포악한 성격의 주인 아들에게 학대받는 새아씨를 좋아하다 오해를 사 비극적 결말을 맞이하는 내용으로, 신체적 불구와 함께 신분적인 멸시를 받는 한 인간의 순수하고 강렬한 사랑을 사실적이고도 낭만적으로 그리고 있다.

형제간의 애정과 갈등이 드러나는 작품
김유정, 〈만무방〉 _ '만무방', 즉 '염치가 없이 막된 사람'으로 살아가는 형과, 착실하게 농사를 지으며 살아가는 동생 사이의 애정과 갈등을 통해 일제 강점하 농촌 사회의 참상을 고발하고 있다.

감자

인간이 살아가는 데 있어 가장 필요한 것은 무엇일까요? 아마 대부분의 사람들이 돈이라고 생각할 거예요. 맞아요. 돈만 있으면 생활에 필요한 웬만한 물건은 모두 구할 수 있지요. 살아가기 위해 돈이 가장 중요해진 시대, 가난하지만 정직하게 자란 '복녀'라는 여인이 돈을 벌기 위해 어떤 삶을 살고 결국에는 어떤 결말을 맞게 되는지, 작품을 읽어 봅시다.

　싸움, 간통, 살인, 도적, 구걸, 징역. 이 세상의 모든 비극과 활극의 근원지인, 칠성문 밖 빈민굴로 오기 전까지는, 복녀의 부처는 (사농공상의 제2위에 드는) 농민이었었다.

　복녀는, 원래 가난은 하나마 정직한 농가에서 규칙 있게 자라난 처녀였었다. 이전 선비의 엄한 규율은 농민으로 떨어지자부터 없어졌다 하나, 그러나 어딘지는 모르지만 딴 농민보다는 좀 똑똑하고 엄한 가율이 그의 집에 그냥 남아 있었다. 그 가운데서 자라난 복녀는 물론 다른 집 처녀들과 같이 여름에는 벌거벗

활극(活劇) 싸움, 도망, 모험 따위를 주로 하여 연출한 영화나 연극. 격렬한 사건이나 장면을 비유적으로 이르는 말. 여기에서는 실제 상황이 싸움, 도망, 모험 등으로 이루어지는 것을 말한다.
칠성문(七星門) 평양시 모란봉에 있는, 고구려 평양성의 내성 북문.
빈민굴(貧民窟) 가난한 사람들이 모여 사는 구역.
부처(夫妻) 부부(夫婦).
사농공상(士農工商) 예전에, 백성을 나누던 네 가지 계급. 선비, 농부, 공장(工匠), 상인을 이르던 말.
규율(規律) 질서나 제도를 유지하기 위하여 정하여 놓은, 행동의 규칙이나 법칙이 되는 본보기.
가율(家律) 한 집안 구성원의 행위의 표준이 될 만한 도덕적 질서.

고 개울에서 멱 감고, 바짓바람으로 동리를 돌아다니는 것을 예사로 알기는 알았지만, 그러나 그의 마음속에는 막연하나마 도덕이라는 것에 대한 저픔을 가지고 있었다.

그는 열다섯 살 나는 해에 동리 홀아비에게 팔십 원에 팔려서 시집이라는 것을 갔다. 그의 새서방(영감이라는 편이 적당할까)이라는 사람은 그보다 이십 년이나 위로서, 원래 아버지의 시대에는 상당한 농군으로서 밭도 몇 마지기가 있었으나, 그의 대로 내려오면서는 하나둘 줄기 시작하여서 마지막에 복녀를 산 팔십 원이 그의 마지막 재산이었었다. 그는 극도로 게으른 사람이었다. 동리 노인들의 주선으로 소작 밭깨나 얻어 주면, 종자만 뿌려 둔 뒤에는 후치질도 안 하고 김도 안 매고 그냥 내버려 두었다가는, 가을에 가서는 되는 대로 거두어서 '금년은 흉년이네.' 하고 전주 집에는 가져도 안 가고 자기 혼자 먹어 버리고 하였다. 그러니까 그는 한 밭을 이태를 연하여 부쳐 본 일이

멱 '미역'의 준말. 냇물이나 강물 또는 바닷물에 들어가 몸을 담그고 씻거나 노는 일.
예사(例事) 보통 있는 일.
저픔 '두려움'의 옛말.
소작(小作) 농토를 갖지 못한 농민이 일정한 소작료를 지급하며 다른 사람의 농지를 빌려 농사를 짓는 일.
후치질 극쟁이질. 극쟁이로 고랑을 파서 이랑의 북을 돋우는 일. '후치'는 '극쟁이'의 사투리로 땅을 가는 데 쓰는 농기구이다.
  북 식물의 뿌리를 싸고 있는 흙.
전주(田主) 논밭의 임자(주인).
이태 두 해.
연하다(連--) 행위나 현상이 끊이지 않고 계속 이어지다.

없었다. 이리하여 몇 해를 지내는 동안 그는 그 동리에서는 밭을 못 얻으리 만큼 인심을 잃고 말았다.

복녀가 시집을 간 뒤 한 삼사 년은 장인의 덕택으로 이렁저렁 지나갔으나, 이전 선비의 꼬리인[*] 장인은 차차 사위를 밉게 보기 시작하였다. 그들은 처가에까지 신용을 잃게 되었다.

그들 부처는 여러 가지로 의논하다가 하릴없이[*] 평양성 안으로 막벌이로 들어왔다. 그러나 게으른 그에게는 막벌이나마 역시 되지 않았다. 하루 종일 지게를 지고 연광정[*]에 가서 대동강만 내려다보고 있으니, 어찌 막벌이인들 될까. 한 서너 달 막벌이를 하다가, 그들은 요행 어떤 집 막간(행랑[*])살이[*]로 들어가게 되었다.

그러나 그 집에서도 얼마 안 하여 쫓겨 나왔다. 복녀는 부지런히 주인집 일을 보았지만 남편의 게으름은 어찌할 수가 없었다. 매일 복녀는 눈에 칼을 세워 가지고[*] 남편을 채근하였지만[*], 그의 게으른 버릇은 개를 줄 수는 없었다.

✤ 선비의 꼬리인 선비 중 하층 선비인.
하릴없이 달리 어떻게 할 도리가 없이.
막벌이 아무 일이든지 닥치는 대로 해서 돈을 버는 일.
연광정(練光亭) 평양의 대동강가에 있는 누각. 평안도에 있는 여덟 군데의 명승지(관서 팔경)의 하나로, 대동강을 내려다볼 수 있는 덕암(德巖)이라는 바위 위에 있다.
행랑(行廊) 대문간에 붙어 있는 방.
막간살이(幕間--) 주로 큰 집에 결달린 허름한 집에서 살면서 대가로 그 집의 심부름이나 궂은일을 해 주며 사는 일.
✤ 눈에 칼을 세워 가지고 표독스럽게 눈을 번쩍이고 노려보며.
채근하다(採根--) 어떻게 행동하기를 따지어 독촉하다.

"벳섬 좀 치워 달라우요."

"남 졸음 오는데. 님자 치우시관."

"내가 치우나요?"

"이십 년이나 밥 먹구 그걸 못 치워!"

"에이구, 칵 죽구나 말디."

"이년, 뭘."

이러한 싸움이 그치지 않다가, 마침내 그 집에서도 쫓겨 나왔다.

이젠 어디로 가나? 그들은 하릴없이 칠성문 밖 빈민굴로 밀리어 나오게 되었다.

칠성문 밖을 한 부락으로 삼고 그곳에 모여 있는 모든 사람들의 정업은 거라지요, 부업으로는 도적질과 (자기네끼리의) 매음, 그 밖에 이 세상의 모든 무섭고 더러운 죄악이었다. 복녀도 그 정업으로 나섰다.

그러나 열아홉 살의 한창 좋은 나이의 여편네에게 누가 밥인들 잘 줄까.

벳섬 볏섬. 벼를 담은 섬.
  섬 곡식 따위를 담기 위하여 짚으로 엮어 만든 자루.
님자 '임자'의 사투리. 1. 나이가 지긋한 부부 사이에서, 상대편을 서로 이르는 이인칭 대명사.
2. '자네'라는 뜻으로 허물없이 이르는 이인칭 대명사.
정업(定業) 일정한 직업이나 영업 또는 업무.
거라지 거지.
매음(賣淫) 돈을 받고 몸을 팖.

"젊은 거이 거랑질은 왜."

그런 소리를 들을 때마다 그는 여러 가지 말로, 남편이 병으로 죽어 가거니 어쩌거니 핑계는 대었지만, 그런 핑계에는 단련된 평양 시민의 동정은 역시 살 수가 없었다. 그들은 이 칠성문 밖에서도 가장 가난한 사람 가운데 드는 편이었다. 그 가운데서 잘 수입되는 사람은 하루에 오 리짜리 돈뿐으로 일 원 칠팔십 전의 현금을 쥐고 돌아오는 사람까지 있었다. 극단으로 나가서는 밤에 돈벌이 나갔던 사람은 그날 밤 사백여 원을 벌어 가지고 와서 그 근처에서 담배 장사를 시작한 사람까지 있었다.

복녀는 열아홉 살이었었다. 얼굴도 그만하면 빤빤하였다. 그 동리 여인들의 보통 하는 일을 본받아서 그도 돈벌이 좀 잘하는 사람의 집에라도 간간 찾아가면 매일 오륙십 전은 벌 수가 있었지만, 선비의 집안에서 자라난 그는 그런 일은 할 수가 없었다.

그들 부처는 역시 가난하게 지냈다. 굶는 일도 흔히 있었다.

기자묘 솔밭에 송충이가 끓었다. 그때, 평양 '부'에서는 그 송

거랑질 문맥상 '거라지(거지)가 구걸하는 일'을 이르는 말.
수입되다(收入--) 돈이나 물품 따위가 거두어들여지다.
✤ 극단으로 나가서는 ~ 나갔던 사람은 (칠성문 밖 빈민굴에 살면서 '정업은 거라지요, 부업은 도적질과 매음'인 사람 가운데서) 제일 운이 좋았던 경우, 밤에 도적질(돈벌이) 나갔던 사람은.
기자묘(箕子墓) 고조선 때에 있었다고 하는 전설상의 나라 '기자 조선'의 시조인 기자의 무덤으로, 평양시 기림리에 있다.
부(府) 일제 강점기에, 군(郡)보다 위의 등급으로 설치한 지방 행정 구역. 지금의 시(市)에 해당하는 것으로, 전국 열두 곳에 두었다.

충이를 잡는 데 (은혜를 베푸는 뜻으로) 칠성문 밖 빈민굴의 여인들을 인부로 쓰게 되었다.

빈민굴 여인들은 모두 다 지원을 하였다. 그러나 뽑힌 것은 겨우 오십 명쯤이었다. 복녀도 그 뽑힌 사람 가운데 한 사람이었었다.

복녀는 열심으로 송충이를 잡았다. 소나무에 사다리를 놓고 올라가서는, 송충이를 집게로 집어서 약물에 잡아넣고 잡아넣고, 그의 통은 잠깐 새에 차고 하였다. 하루에 삼십이 전씩의 공전이 그의 손에 들어왔다.

그러나 대엿새 하는 동안에 그는 이상한 현상을 하나 발견하였다. 그것은 다른 것이 아니라, 젊은 여인부 한 여남은 사람은 언제나 송충이는 안 잡고 아래서 지절거리며 웃고 날뛰기만 하고 있는 것이었다. 뿐만 아니라, 그 놀고 있는 인부의 공전은 일하는 사람의 공전보다 팔 전이나 더 많이 내어주는 것이다.

감독은 한 사람뿐이지만 감독도 그들의 놀고 있는 것을 묵인할 뿐 아니라, 때때로는 자기까지 섞여서 놀고 있었다.

어떤 날 송충이를 잡다가 점심때가 되어서, 나무에서 내려와

새 '사이'의 준말.
공전(工錢) 물건을 만들거나 어떤 일을 하는 데 드는 품삯.
여인부(女人夫) 여자 인부.
여남은 열이 조금 넘는 수. 또는 그런 수의.
지절거리다 낮은 목소리로 자꾸 지껄이다.
묵인하다(默認--) 모르는 체하고 하려는 대로 내버려 둠으로써 슬며시 인정하다.

서 점심을 먹고 다시 올라가려 할 때에 감독이 그를 찾았다.

"복네, 애 복네."

"왜 그릅네까?"

그는 약통과 집게를 놓은 뒤에 돌아섰다.

"좀 오나라."

그는 말없이 감독 앞에 갔다.

"얘, 너, 음…… 데 뒤 좀 가 보디 않갔니?"

"뭘 하레요?"

"글쎄, 가야……."

"가디요, 형님."

그는 돌아서면서 인부들 모여 있는 데로 고함쳤다.

"형님두 갑세다가레."

"싫다 얘. 둘이서 재미나게 가는데, 내가 무슨 맛에 가갔니?"

복녀는 얼굴이 새빨갛게 되면서 감독에게로 돌아섰다.

"가 보자."

감독은 저편으로 갔다. 복녀는 머리를 수그리고 따라갔다.

"복네 좋갔구나."

뒤에서 이러한 고함 소리가 들렸다. 복녀의 숙인 얼굴은 더욱 발갛게 되었다.

그릅네까 그러합니까.

그날부터 복녀도 '일 안 하고 공전 많이 받는 인부'의 한 사람으로 되었다.*

복녀의 도덕관 내지 인생관은 그때부터 변하였다.

그는 아직껏 딴 사내와 관계를 한다는 것을 생각하여 본 일도 없었다. 그것은 사람의 일이 아니요 짐승의 하는 짓으로만 알고 있었다. 혹은 그런 일을 하면 탁 죽어지는지도 모를 일로 알았다.

그러나 이런 이상한 일이 어디 다시 있을까. 사람인 자기도 그런 일을 한 것을 보면, 그것은 결코 사람으로 못할 일이 아니었다. 게다가 일 안 하고도 돈 더 받고, 긴장된 유쾌가 있고, 빌어먹는 것보다 점잖고…….

일본말로 하자면 '삼박자(三拍子)'* 같은 좋은 일은 이것뿐이었다. 이것이야말로 삶의 비결이 아닐까. 뿐만 아니라, 이 일이 있은 뒤부터, 그는 처음으로 한 개 사람이 된 것 같은 자신까

✤ 그날부터 복녀도 ~ 한 사람으로 되었다 '일 안 하고 공전 많이 받는 인부'는 감독에게 몸을 내어 주고 그 대가로 일은 안 하면서 품삯을 많이 받는 인부를 의미한다. 즉, 그날부터 복녀 역시 매음을 하게 되었다는 것이다.
✤ 일본말로 하자면 '삼박자(三拍子)' '삼박자'는 '음악에서의 세 박자'라는 뜻이지만, 흔히 '어떤 대상에게 있어야 할 세 가지 요소'가 있을 때 이를 가리키기도 한다. 김동인이 이 작품을 쓸 때까지만 해도 우리말에는 '삼박자'라는 단어가 없었는데 일본어에는 있었다. 그래서 '일본말로 하자면'이라고 덧붙여서 ① 일 안 하고도 돈 더 받고, ② 긴장된 유쾌가 있고, ③ 빌어먹는 것보다 점잖은', 이 세 가지 장점을 '삼박자'라고 표현한 것이다.
비결(祕訣) 세상에 알려져 있지 않은 자기만의 뛰어난 방법.

지 얻었다.*

그 뒤부터는, 그의 얼굴에는 조금씩 분도 바르게 되었다.

일 년이 지났다.

그의 처세의 비결은 더욱더 순탄히 진척되었다. 그의 부처는 이제는 그리 궁하게 지내지는 않게 되었다.

그의 남편은 이것이 결국 좋은 일이라는 듯이 아랫목에 누워서 벌신벌신 웃고 있었다.

복녀의 얼굴은 더욱 이뻐졌다.

"여보, 아즈바니, 오늘은 얼마나 벌었소?"

복녀는 돈 좀 많이 번 듯한 거라지를 보면 이렇게 찾는다.

"오늘은 많이 못 벌었쉐다."

"얼마?"

"도무지 열서너 냥."

"많이 벌었쉐다가레, 한 댓 냥 꿰주소고래."

"오늘은 내가……."

✤ 이 일이 있은 뒤부터 ~ 자신까지 얻었다 이전까지 복녀가 갖고 있던 도덕관 내지 인생관으로 보자면 매음은 사람이 아닌 짐승이나 할 짓이었다. 하지만 막상 매음을 하고 보니 '일 안 하고도 돈 더 받고', '긴장되면서도 유쾌하고', '빌어먹는 것보다 점잖은' 세 가지 장점이 있다는 것을 깨닫게 되었다. 그래서 복녀는 이런 장점을 누리게 되면서 처음으로 자신이 인간으로 대접받는 듯한 자신감까지 느끼게 되었다는 의미이다. 복녀의 인생관, 도덕관이 완전히 바뀌었음을 드러내 주는 구절이다.

처세(處世) 사람들과 사귀며 살아감. 또는 그런 일.
진척되다(進陟--) 일이 목적한 방향대로 진행되어 가다.
벌신벌신 벌씬벌씬. 숫기 좋게 입을 벌려 소리 없이 자꾸 병긋병긋 웃는 모양.
아즈바니 아주버니. 여자가 일정하게 나이 든 남자를 대접하여 이르는 말.

어쩌고어쩌고 하면, 복녀는 곧 뛰어가서 그의 팔에 늘어진다.

"나한테 들킨 댐에는 뀌구야 말아요."

"난 원 이 아즈마니 만나문 야단이더라. 자, 께주디. 그 대신 응? 알아 있디?"

"난 몰라요. 해해해해."

"모르문, 안 줄 테야."

"글쎄, 알았대두 그른다."

그의 성격은 이만큼까지 진보되었다.[*]

가을이 되었다.

칠성문 밖 빈민굴의 여인들은 가을이 되면 칠성문 밖에 있는 중국인의 채마밭[*]에 감자(고구마)며 배추를 도적질하러 밤에 바구니를 가지고 간다. 복녀도 감자깨나 잘 도적질하여 왔다.

어떤 날 밤, 그는 감자를 한 바구니 잘 도적질하여 가지고, 이젠 돌아오려고 일어설 때에, 그의 뒤에 시꺼먼 그림자가 서서 그를 꽉 붙들었다. 보니, 그것은 그 밭의 소작인인 중국인 왕서방이었었다. 복녀는 말도 못하고 멀찐멀찐[•] 발 아래만 내려다

✤ 그의 성격은 이만큼까지 진보되었다 이제 복녀는 남이 먼저 꾀어야 몸을 파는 것이 아니라, 스스로 남을 찾아가 유혹하여 몸을 파는 데까지 성격이 발전하였다는 의미이다. 이를 '타락'이라 하지 않고 '진보(발전)'라고 표현한 것은 일종의 반어(反語 : 표현의 효과를 높이기 위하여 실제와 반대되는 뜻의 말을 하는 것)로 볼 수 있다.
채마밭(菜麻-) 채마를 심어 가꾸는 밭.
  채마 먹을거리나 입을 거리로 심어서 가꾸는 식물.
멀찐멀찐 '멀뚱멀뚱'의 사투리. 눈만 둥그렇게 뜨고 다른 생각이 없이 물끄러미 쳐다보는 모양.

고 있었다.

"우리집에 가."

왕서방은 이렇게 말하였다.

"가재문 가디. 흥, 것두 못 갈까."

복녀는 엉덩이를 한 번 홱 두른 뒤에 머리를 젖히고 바구니를 저으면서 왕서방을 따라갔다.

한 시간쯤 뒤에 그는 왕서방의 집에서 나왔다. 그가 밭고랑에서 길로 들어서려 할 때에, 문득 뒤에서 누가 그를 찾았다.

"복네 아니야?"

복녀는 홱 돌아서 보았다. 거기는 자기 곁집˚ 여편네가 바구니를 끼고 어두운 밭고랑을 더듬더듬 나오고 있었다.

"형님이댔쉐까? 형님두 들어갔댔쉐까?"

"님자두 들어갔댔나?"

"형님은 뉘 집에?"

"나? 눅서방네 집에. 님자는?"

"난 왕서방네…… 형님 얼마 받았소?"

"눅서방네 그 깍쟁이놈, 배추 세 폐기˚……."

"난 삼 원 받았디."

복녀는 자랑스러운 듯이 대답하였다.

곁집 옆집. 이웃하여 있는 집.
폐기 '포기'의 사투리.

십 분쯤 뒤에 그는 자기 남편과, 그 앞에 돈 삼 원을 내어놓은 뒤에, 아까 그 왕서방의 이야기를 하면서 웃고 있었다.

그 뒤부터 왕서방은 무시로* 복녀를 찾아왔다.

한참 왕서방이 눈만 멀찐멀찐 앉아 있으면, 복녀의 남편은 눈치를 채고 밖으로 나간다. 왕서방이 돌아간 뒤에는 그들 부처는, 일 원 혹은 이 원을 가운데 놓고 기뻐하고 하였다.

복녀는 차차 동리 거지들한테 애교를 파는 것*을 중지하였다. 왕서방이 분주하여 못 올 때가 있으면 복녀는 스스로 왕서방의 집까지 찾아갈 때도 있었다.

복녀의 부처는 이제 이 빈민굴의 한 부자였었다.

그 겨울도 가고 봄이 이르렀다.

그때 왕서방은 돈 백 원으로 어떤 처녀를 하나 마누라로 사오게 되었다.

"흥."

복녀는 다만 코웃음만 쳤다.

"복녀, 강짜하갔구만*."

무시로(無時-) 특별히 정한 때가 없이 아무 때나.
✽ 애교를 파는 것 몸을 파는 것.
강짜하다 '강샘하다'를 속되게 이르는 말. 부부 사이나 사랑하는 이성(異性) 사이에서 상대 이성이 다른 이성을 좋아할 경우에 지나치게 시기하다.

동리 여편네들이 이런 말을 하면, 복녀는 홍 하고 코웃음을 웃고 하였다.

내가 강짜를 해? 그는 늘 힘 있게 부인하고 하였다. 그러나 그의 마음에 생기는 검은 그림자는 어찌할 수가 없었다.

"이놈 왕서방, 네 두고 보자."

왕서방의 색시를 데려오는 날이 가까웠다. 왕서방은 아직껏 자랑하던 기다란 머리를 깎았다. 동시에 그것은 새색시의 의견이라는 소문이 쫙 퍼졌다.

"홍."

복녀는 역시 코웃음만 쳤다.

마침내 색시가 오는 날이 이르렀다. 칠보단장에 사인교를 탄 색시가, 칠성문 밖 채마밭 가운데 있는 왕서방의 집에 이르렀다.

밤이 깊도록, 왕서방의 집에는 중국인들이 모여서 별한 악기를 뜯으며 별한 곡조로 노래하며 야단하였다. 복녀는 집 모퉁이에 숨어 서서 눈에 살기를 띠고 방 안의 동정을 듣고 있었다.

다른 중국인들은 새벽 두 시쯤 하여 돌아갔다. 그 돌아가는 것을 보면서 복녀는 왕서방의 집 안에 들어갔다. 복녀의 얼굴에는 분이 하얗게 발리어 있었다.

칠보단장(七寶丹粧) 여러 가지 패물로 몸을 꾸밈. 또는 그 꾸밈새.
사인교(四人轎) 앞뒤에 각각 두 사람씩 모두 네 사람이 메는 가마.
별하다(別--) 보통 것과 이상스럽게 다르다.
동정(動靜) 일이나 현상이 벌어지고 있는 낌새.

신랑 신부는 놀라서 그를 쳐다보았다. 그것을 무서운 눈으로 흘겨보면서, 그는 왕서방에게 가서 팔을 잡고 늘어졌다. 그의 입에서는 이상한 웃음이 흘렀다.

"자, 우리 집으로 가요."

왕서방은 아무 말도 못하였다. 눈만 정처 없이 두룩두룩하였다. 복녀는 다시 한 번 왕서방을 흔들었다.

"자, 어서."

"우리, 오늘 밤 일이 있어 못 가."

"일은 밤중에 무슨 일."

"그래두, 우리 일이……."

복녀의 입에 아직껏 떠돌던 이상한 웃음은 문득 없어졌다.

"이까짓 것."

그는 발을 들어서 치장한 신부의 머리를 찼다.

"자, 가자우 가자우."

왕서방은 와들와들 떨었다. 왕서방은 복녀의 손을 뿌리쳤다. 복녀는 쓰러졌다. 그러나 곧 다시 일어섰다. 그가 다시 일어설 때는, 그의 손에는 얼른얼른하는 낫이 한 자루 들리어 있었다.

"이 되놈, 죽어라, 죽어라, 이놈, 나 때렸디! 이놈아, 아이구, 사람 죽이누나."

두룩두룩하다 크고 둥그런 눈알을 자꾸 조금 천천히 굴리다.
얼른얼른하다 무엇이 잇따라 보이다 말다 하다.
되놈 중국 사람을 낮잡아 이르는 말.

그는 목을 놓고 처울면서 낫을 휘둘렀다. 칠성문 밖 외딴 밭 가운데 홀로 서 있는 왕서방의 집에서는 일장의 활극이 일어났다. 그러나 그 활극도 곧 잠잠하게 되었다. 복녀의 손에 들리어 있던 낫은 어느덧 왕서방의 손으로 넘어가고, 복녀는 목으로 피를 쏟으면서 그 자리에 고꾸라져 있었다.

복녀의 송장은 사흘이 지나도록 무덤으로 못 갔다. 왕서방은 몇 번을 복녀의 남편을 찾아갔다. 복녀의 남편도 때때로 왕서방을 찾아갔다. 둘의 새에는 무슨 교섭하는 일이 있었다. 사흘이 지났다.

밤중에 복녀의 시체는 왕서방의 집에서 남편의 집으로 옮겼다. 그리고 그 시체에는 세 사람이 둘러앉았다. 한 사람은 복녀의 남편, 한 사람은 왕서방, 또 한 사람은 어떤 한방 의사. 왕서방은 말없이 돈주머니를 꺼내어, 십 원짜리 지폐 석 장을 복녀의 남편에게 주었다. 한방의의 손에도 십 원짜리 두 장이 갔다.

이튿날 복녀는 뇌일혈로 죽었다는 한방의의 진단으로 공동묘지로 가져갔다.

■ 「조선문단」(1925. 1) ; 『김동인 단편 전집 1』(가람기획, 2006)

일장(一場) 어떤 일이 벌어진 한 판. 한바탕.
교섭하다(交涉--) 어떤 일을 이루기 위하여 서로 의논하고 절충하다.
뇌일혈(腦溢血) '뇌내출혈'의 전 용어. 뇌의 동맥이 터져서 뇌 속에 혈액이 넘쳐흐르는 상태.

감자

등장인물 들여다보기

복녀

농민의 딸로 태어났으나 무능한 남편에게 시집을 가 생계를 위해 매춘의 길로 나섰다가 비참한 죽음을 맞는, 일제 강점기 빈곤 계층 여성의 전형적 인물입니다. 가난하지만 정직하고 규범 있는 농가에서 자라나 무의식적으로나마 도덕관을 가지고 있었으나, 집안의 몰락으로 나이 들고 게으른 남자에게 팔십 원에 팔려 시집을 가면서 그녀의 인생이 바뀌기 시작합니다. 특히 칠성문 밖 빈민굴로 이사한 뒤 거랑질로부터 시작해 급기야 몸을 팔아 쉽게 돈을 버는 타락의 길로 들어서면서 도덕관과 인생관마저 변하게 됩니다. 남편의 묵인 아래 중국인 왕서방과 수시로 관계하면서 빈민굴의 한 부자가 되기도 하지만, 왕서방이 새 장가를 들자 강짜를 부리다가 결국 비극적인 죽음에 이르고 말지요. 이렇듯 '복녀'는 일제 강점기 우리나라 빈민층 여성들이 겪었던 경제적 빈곤과 가부장적 억압이라는 이중적 속박을 상징적으로 보여 주는 인물이라고 할 수 있습니다. 특히 '복녀(福女)'라는 이름은 '복 있는 여자'라는 의미를 지니는데, 복녀의 비극적인 운명을 볼 때 이 이름은 반어적 성격을 띠고 있음을 알 수 있습니다. '복 있는 여자'가 아니라 가난 때문에 타락해 가고 결국 비참한 죽음을 맞는 '박복한 여자'라고 볼 수 있는 것입니다.

남편

복녀보다 스무 살이나 위인 사내로, 극도로 게으르고 이기적인 인물입니다. 복녀를 자신의 전 재산 팔십 원에 사 온 뒤 극심한 가난 속에서도 아무런 일도 하려 들지 않고, 복녀가 어떻게든 생계를 꾸려 가려고 할 때에도 아무런 도움도 주지 않다가 결국 칠성문 밖 빈민굴로 흘러듭니다. 그 뒤로도 복녀가 거랑질이나 매음으로 벌어 온 돈으로 생계를 이어가고, 복녀가 왕서방과 관계하는 것을 알면서도 자리를 피해 주는 등 생계를 위해 어떠한 일도 스스로 하지 않고 아내인 복녀를 이용하기만 하는 이기적인 모습을 보여 줍니다. 또한 복녀가 왕서방에게 죽임을 당한 뒤에도 돈 삼십 원을 받고 아내의 사인이 뇌일혈이라는 허위 진단을 받도록 방조하는, 도덕적으로 타락한 인물입니다. 복녀의 비극적 죽음에 궁극적인 책임이 있는, 당시의 무능한 가부장의 모습을 잘 보여 주는 인물이기도 합니다.

왕서방

채마밭을 소작하는 중국인으로, 호색한이자 돈으로 모든 일을 처리하려는 비정한 인물입니다. 복녀가 채마밭에 도적질을 하러 들어간 것이 계기가 되어 복녀에게 돈을 주고 관계를 맺기 시작합니다. 이후 그가 장가를 들자, 이에 시기와 위협을 느낀 복녀가 그의 집에 침입하여 한바탕 소동을 일으켜, 결국에는 그가 복녀를 죽이게 됩니다. 복녀와의 관계도 돈으로 성을 사는 매음으로 맺어지고, 복녀를 죽인 뒤에도 돈으로 살인을 은폐하는 등 복녀의 삶과 죽음에 오로지 돈으로만 관계하는 인물입니다.

● 작품 Q&A

"선생님, 궁금해요!"

Q 이 작품의 공간적 배경이 '평양의 칠성문 밖 빈민굴 인근'인 것은 알겠는데, 시간적 배경에 대해서는 짐작할 만한 별다른 단서가 없네요. 이 작품은 어느 시대를 배경으로 하고 있나요?

A 작품 내에서 시간적 배경에 대한 별다른 언급이 없을 때에는 작품이 창작된 당시를 배경으로 생각하면 돼요. 이 작품은 1925년에 발표되었어요. 그런데 사실 시간적 배경에 대한 단서가 이 작품에 전혀 없는 것은 아닙니다. 중간 부분에 복녀가 송충이를 잡으러 갈 때 "그때, 평양 '부'에서는 그 송충이를 잡는 데 칠성문 밖 빈민굴의 여인들을 인부로 쓰게 되었다."라고 했어요. 여기서 평양의 행정 단위를 '시'가 아니라 '부'라고 표현하고 있는데, '부'는 일제 강점기에 설치한 지방 행정 구역이에요. 조선 시대에도 '평양부'가 있었으나, 평양에 빈민굴이 형성되고 인부를 고용하여 송충이를 잡고 한 것은 모두 일제 강점기 때의 일이랍니다.

Q 공간적 배경을 묘사한 첫 문장부터가 살벌해요. "싸움, 간통, 살인, 도적, 구걸, 징역. 이 세상의 모든 비극과 활극의 근원지인, 칠성문 밖 빈민굴"이라고 서술되어 있고, 이와 비슷한 범죄들이 줄곧 이어져요. 이렇게 주로 범죄를 그려도 좋은 작품이 될 수 있나요?

A 작가는 판사나 도덕군자가 아니에요. 사회에 범죄가 만연하면 그 범죄를 법률적으로나 도덕적으로 비난하거나 벌을 가하는 사람은 따로 있어요. 작가는 왜 사람들이 범죄를 저지르며 살아갈 수밖에 없는가를 그려 내지요. 물론 작품 속의 서술자는 작품 속에서 벌어지는 사건에 대해 이런저런 논평을 할 수도 있어요. 그러나 이 작품의 서술자(3인칭 서술자이지요.)는 작품 속의 인물들의 행위에 대해 거의 아무런 논평도 하지 않아요. 다만 인물들이 어떤 행위를 하는지를 마치 지켜보기만 하듯이 그려 낼 뿐이지요. 인물들이 어떤 환경에서 어떤 행위를 하게 되는가를 독자들이 납득할 수 있도록 그려 내기만 하면, 그 행위가 아무리 반사회적이라 하더라도 인간이 어떤 환경에서 어떤 동기로 그러한 행위를 하게 되는 것인지 성찰할 수 있다는 점에서 좋은 작품이 될 수 있어요. 이 작품을 읽고 우리는 복녀가 먹고살기 위해 벌이는 매음이라는 행위에 대해서 그녀가 비도덕적이라고 비난하지 않고 환경의 영향이라고 이해할 수 있지요. 반면 복녀가 죽은 뒤 남편과 왕서방이 벌이는 행위에 대해서는 비난할 수 있어요. 그런 사람들을 복녀의 삶을 비참하게 만든 일종의 '환경'이라고 볼 수도 있고요. 이렇게 주인공의 행위에 대해 우리가 납득할 수만 있다면 그가 범죄를 저지른다고 해도 우리는 그로부터 사회의 문제를 읽어 내는 교훈을 얻을 수 있고 그렇다면 좋은 작품이 될 수 있는 것입니다.

Q "복녀의 도덕관 내지 인생관은 그때부터 변하였다."라는 구절이 나오는데, 복녀의 도덕관과 인생관은 어떻게 변한 건가요?

A 복녀는 가난하지만 규범 있는 농가에서 자라나 무의식적으로

나마 도덕관이나 윤리관을 가지고 있었어요. 그런 그녀의 도덕관, 인생관이 변한 것은, 송충이잡이 일을 하다가 감독의 부름을 받은 뒤 '일 안 하고 공전 많이 받는 인부'의 한 사람이 된 뒤부터입니다. 그러니까 복녀는 감독에게 몸을 준 대가로 일을 안 하고도 공전을 받게 된 것이지요. 그 이전까지 복녀는 거랑질을 할지언정 몸을 팔지는 않았어요. 그리고 '딴 사내와 관계를 한다는 것'을 이전에는 '사람의 일이 아니요 짐승의 하는 짓으로만 알고' 있었는데, 자신이 그 일을 하고 난 다음에는 "결코 사람으로서 못할 일이 아니었었다."라고 여기게 되지요. 그러니까 예전에는 남편 이외의 다른 남자와 관계를 하는 일은 부도덕한 것이라고 알고 있었고 또 몸을 파는 일은 생각조차 못하였는데, 감독과 관계를 하고 난 뒤에는 그런 일들이 '일 안 하고도 돈 더 받고, 긴장된 유쾌가 있고, 빌어먹는 것보다 점잖'다는 것을 알게 된 거예요. 즉, 도덕적 타락에 대해 아무렇지도 않게 생각하게 된 것이지요. 그 뒤 복녀는 그런 일들을 계속해 나갑니다. 복녀의 도덕관, 인생관은 그렇게 변하게 된 것이고요.

Q 그렇다면 복녀가 비참한 죽음을 맞게 된 것은 그녀의 도덕관, 인생관이 바뀌었기 때문인가요?

A 복녀가 비참한 죽음을 맞게 된 데에는 그녀의 도덕관, 인생관이 바뀐 것도 한몫하고 있어요. 복녀가 죽음을 맞게 된 것은 중국인 왕서방이 혼인한 날 그의 집에 찾아가 왕서방에게 자기 집으로 가자고 요구했기 때문이에요. 그런데 복녀가 왕서방에게 그런 요구를 한 것은 그동안 복녀가 왕서방에게 지속적으로 매음을 해 왔기 때문이

며, 또 복녀가 왕서방에게 몸을 팔게 된 것은 바로 복녀의 도덕관, 인생관이 매음을 아무렇지도 않게, 아니 오히려 더 편리한 것으로 받아들이도록 변했기 때문이에요. 결국 복녀의 도덕관, 인생관이 바뀌었기 때문에 복녀는 비극적인 죽음을 맞게 되었다고 할 수 있지요.

그러나 그렇다고 해서 복녀의 비참한 죽음이 오로지 복녀 개인의 책임이라고 볼 수는 없어요. 복녀의 도덕관, 인생관을 그렇게 변하도록 만든 '현실(환경)'이라는 더 큰 원인이 있었기 때문이지요. 그 '현실'은 어떠한 것일까요? 시집을 가기 전만 해도 복녀는 '도덕이라는 것에 대한 두려움'을 가지고 있었다고 했어요. 그런데 시집을 가긴 갔는데 팔십 원에 팔려 갔고, 더군다나 남편이란 사람은 게으르기 그지없어요. 재산도 다 털어먹은 데다가 아내를 먹여 살릴 생각은 전혀 하지 않고, 복녀가 거랑질을 하거나 몸을 팔아 돈을 벌어와도 그 돈에만 관심을 가질 뿐, 아무런 도덕관념도 갖고 있지 않아요. 그리고 복녀가 애꿎은 죽음을 당했는데도 왕서방에게 돈을 받고 복녀의 죽음을 병사로 처리해 버리지요.

칠성문 밖의 빈민굴도 복녀가 살아가고 있는 중요한 '현실'이에요. 가난한 사람들이 돈벌이를 구하지 못해 거랑질로 연명할 수밖에 없는 곳이고, 그러다 보니 몸을 파는 것이 복녀에게는 가장 쉬운 돈벌이가 되었던 거지요. 그러니까 빈부 격차가 심하여 가난한 사람들은 도덕적으로 살아갈 방도를 찾기 어려운 현실, '돈'이 가장 중요시되고 도덕은 살아가는 데 아무런 도움도 못되는 현실, 이러한 '현실'이 결국 복녀로 하여금 도덕관, 인생관을 바꾸도록 만들고 결국 그녀를 죽음으로 몰아넣은, 진짜 원인인 것입니다.

Q 이 작품을 '자연주의' 경향의 작품이라고 하는데, 자연주의는 무엇이고, 이 작품은 어떤 면에서 자연주의 경향의 작품이라고 할 수 있나요?

A '자연주의'라는 말이 좀 어렵지요? 국어사전을 찾아보면 여러 가지 뜻이 있는데, 그중 문학 용어로는 '인간의 삶과 사회의 문제를 있는 그대로 묘사하는 것에 중점을 둔 문예 사조'라고 정의되어 있어요. 사전 뜻풀이를 봐도 쉽게 이해되지 않을 거예요. 그런데 또 백과사전을 보면 자연주의는 낭만주의라는 사조에 반대해서 나온 사조라고 되어 있어요. 낭만주의도 쉽지 않은 말이지만, '낭만적'이라는 말은 그래도 나름 이해할 수 있을 거예요. 국어사전을 보면 '낭만적'은 '현실적이 아니고 환상적이며 공상적인'이란 뜻이라고 풀이되어 있어요. 그러니까 낭만주의는 인간의 일에 대해 낭만적인, 곧 환상적이며 공상적인 생각과 태도를 취하는 주의이고, 그에 반해 자연주의는 '현실적'인 태도를 취하는 주의이겠지요. 조금 더 자세히 설명하자면 낭만주의는 기본적으로 인간이 지닌 개인적 가치, 이른바 '개성'을 중시해요. 주위 환경보다는 한 개인이 가진 덕성이나 아름다움이 어떻게 고상하게 발휘될 수 있는가를 중시하는 거지요. 사랑이라는 주제에 대해서도 선남선녀인 남녀 주인공이 현실적인 여러 장애물(환경에 해당하는)을 물리치고 결국 사랑의 성취에 도달하는 과정을 주로 그리지요. TV 드라마를 보면 이런 이야기들이 넘쳐 나지요? 그런데 현실적으로는 그런 낭만적인 성취가 이루어지는 경우가 드물어요. 그리고 이 작품의 배경이 되고 있는 근대 초기만 하더라도 정말 비참하게 살아가는 사람들이 많았

어요. 낭만적인 사랑은 꿈도 꾸어 볼 수 없는 사람들이 더 넘쳐 났지요. 그래서 인간이 개개인의 가치가 아니라 환경이나 유전적 형질 등 '주어진 조건'에 의해 구속되는 측면을 더 중시하는 '자연주의'가 나타나게 된 거예요. 자연주의는 비참한 조건에 의해 비참하게 살아가는 사람들의 삶에 더 주목했지요. 이 작품의 복녀와 같은 삶 말이에요. 이 작품에서 복녀는 자신의 개성적 가치를 실현해 볼 꿈도 꾸지 못한 채, 갖고 있던 도덕의식도 저버리고 물질적 가치만을 좇다가 비참하게 죽고, 죽은 뒤에도 결국 다른 사람들의 이익 추구의 대상이 되고 말지요. 이 작품을 자연주의 경향의 작품이라고 평가하는 것은 그 때문이에요.

❊ 더 읽어 봅시다 ❊

경제적 궁핍 속에서 붕괴되는 성 윤리의식이 드러난 작품

나도향 〈물레방아〉 _1925년 발표되었으며 사실주의적 경향이 강한 작품이다. 물레방아가 있는 한 마을을 배경으로 하여 부자의 재력을 탐해 그와 통정을 하는 아내에게 분노하여 아내를 죽여버리고 자신도 자살하는 비극적 인물을 그렸다. 당시 파괴되어 가는 농민의 삶과 성 윤리의 붕괴, 물질에 대한 탐욕이 맞물려 파국적 사건을 빚어내고 있다.

민중들의 비참한 삶을 그린 작품

최서해, 〈기아와 살육〉 _1920년대 민중들의 비참한 현실을 주로 그린 이른바 '신경향파' 소설의 대표적인 작품이다. 만주를 배경으로 하여, 추위와 굶주림을 견디다 못해 정신 착란 증세를 일으켜 가족을 죽이고 거리에서도 난동을 부리다가 비참한 최후를 맞는 인물의 삶을 그리고 있다.

광염(狂炎) 소나타

일찍 돌아가신 아버지로부터 음악적 재능을 물려받은 한 청년이 있습니다. 음악에 대한 열정은 계속 지니고 있었으나 이를 펼쳐 보지는 못했지요. 그리고 아버지 없이 온갖 고생을 하며 자신을 키워 준 어머니도 가난으로 인해 돌아가시고 맙니다. 청년은 복수의 심정으로 불을 지르고 광기 속에서 음악적 재능을 발휘하여 놀라운 곡을 만들어 냅니다. 범죄를 저지르면 발휘되는 예술적 재능, 이를 어떻게 보아야 할까요?

광염(狂炎) 미친 듯이 타오르는 불길. '미친 듯이 타오르는 정열'을 비유적으로 이르는 말.

독자는 이제 내가 쓰려는 이야기를, 유럽의 어떤 곳에 생긴 일이라고 생각하여도 좋다. 혹은 사오십 년 뒤에 조선을 무대로 생겨날 이야기라고 생각하여도 좋다. 다만, 이 지구상의 어떠한 곳에 이러한 일이 있었는지도 모르겠다, 있는지도 모르겠다, 혹은 있을지도 모르겠다, 가능성뿐은 있다 — 이만치 알아 두면 그만이다.

그런지라, 내가 여기 쓰려는 이야기의 주인공 되는 백성수(白性洙)를 혹은 알벨트라 생각하여도 좋을 것이요 찜이라 생각하여도 좋을 것이요 또는 호모(胡某)나 기무라모(木村某)로 생각하여도 괜찮다. 다만 사람이라 하는 동물을 주인공 삼아 가지고 사람의 세상에서 생겨난 일인 줄만 알면······.

알벨트, 찜, 호모(胡某), 기무라모(木村某) 모두 가상적인 사람 이름이되 '호모'는 '호씨 성을 가진 아무개', '기무라모'는 '기무라라는 성을 가진 아무개'란 뜻이다.

이러한 전제로써, 자 그러면 내 이야기를 시작하자.

"기회(찬스)라 하는 것이 사람을 망하게도 하고 흥하게도 하는 것을 아시오?"
"네, 새삼스러이 연구할 문제도 아닐걸요."
"자, 여기 어떤 상점이 있다 합시다. 그런데 마침 주인도 없고 사환도 없고 온통 비었을 적에 우연히 그 앞을 지나가던 신사가 ― 그 신사는 재산도 있고 명망도 있는 점잖은 사람인데 ― 그 신사가 빈 상점을 들여다보고 혹은 이렇게 생각할 수도 있지 않아요? 통 비었으니깐 도적놈이라도 넉넉히 들어갈 게다, 들어가서 훔치면 아무도 모를 테다, 집을 왜 이렇게 비워 둔담……. 이런 생각 끝에 혹은 그 그 뭐랄까 그 돌발적 변태 심리로써 조그만 물건 하나(변변치도 않고 욕심도 안 나는)를 집어서 주머니에 넣는 경우가 있을지도 모르지 않겠습니까?"
"글쎄요."
"있습니다. 있어요."

어떤 여름날 저녁이었다. 도회를 떠난 교외 어떤 강변에 두

사환(使喚) 관청이나 회사, 가게 따위에서 잔심부름을 시키기 위하여 고용한 사람.
명망(名望) 명성(名聲)과 인망(人望)을 아울러 이르는 말.
　인망(人望) 세상 사람이 우러르고 따르는 덕망(德望).
도회(都會) 도회지. 사람이 많이 살고 상공업이 발달한 번잡한 지역.
교외(郊外) 도시의 주변 지역.

노인이 앉아서 이런 이야기를 하고 있었다. 그 기회론을 주장하는 사람은 유명한 음악 비평가 K씨였다. 듣는 사람은 사회 교화자의 모씨였다.

"글쎄 있을까요?"

"있어요. 좌우간 있다 가정하고 그러한 경우에는 그 책임은 어디 있습니까?"

"동양 속담 말에 외밭서는 신 끈도 다시 매지 말랬으니 그 신사가 책임을 질까요?"

"그래 버리면 그뿐이지만 그 신사는 점잖은 사람으로서 그런 절대적 기묘한 찬스만 아니더라면 그런 마음은커녕 염(念)도 내지도 않을 사람이라 생각하면 어찌 됩니까?"

"……."

"말하자면 죄는 '기회'에 있는데 '기회'라는 무형물은 벌은 할 수가 없으니깐 그 신사를 가해자로 인정할 수밖에는 지금은 없지요."

교화자(教化者) 가르치고 이끌어서 좋은 방향으로 나아가게 하는 사람.
좌우간(左右間) 이렇든 저렇든 어떻든 간.
외밭 오이나 참외를 심는 밭.
✼ 외밭서는 신 끈도 다시 매지 말랬으니 '외밭에서는 신 끈을 매지 마라'는 외밭에서 신 끈을 매다가 외 도둑으로 오해를 받을 수 있으니 남에게 의심을 살 만한 일은 아예 하지 말라는 의미의 속담이다.
   외 '오이'의 준말.
기묘하다(奇妙--) 이상하고 묘하다.
염(念) 무엇을 하려고 하는 생각이나 마음.
무형물(無形物) 형체가 없는 사물. 바람이나 소리 따위이다.

"그렇습니다."

"또 한 가지 — 사람의 천재라 하는 것도 경우에 따라서는 어떤 '기회'가 없으면 영구히 안 나타나고 마는 일이 있는데, 그 '기회'란 것이 어떤 사람에게서 그 사람의 '천재'와 '범죄 본능'을 한꺼번에 끌어내었다면 우리는 그 '기회'를 저주하여야겠습니까 축복하여야겠습니까?"

"글쎄요."

"선생은 백성수라는 사람을 아시오?"

"백성수? 자, 기억이 없는데요."

"작곡가로서 그—."

"네, 생각납니다. 유명한 '광염 소나타'의 작가 말씀이지요?"

"네, 그 사람이 지금 어디 있는지 아십니까?"

"모릅니다. 뭐 발광했단 말이 있었는데—."

"네, 지금 ××정신병원에 감금돼 있는데 그 사람의 일대기를 이야기할게 들으시고 사회 교화자로서의 의견을 말씀해 주십쇼."

영구히(永久-) 시간상으로 무한히 이어진 상태로. 영원히.
소나타(sonata) 16세기 중기 바로크 초기 이후에 발달한 악곡의 형식. 기악을 위한 독주곡 또는 실내악으로 순수 예술적 감상 내지는 오락을 목적으로 하며, 비교적 대규모 구성인 몇 개의 악장으로 이루어진다.
발광하다(發狂--) 미친병의 증세가 밖으로 드러나 비정상적이고 격하게 행동하다.

내가 이제 이야기하려는 백성수의 아버지도 또한 천분(天分) 많은 음악가였습니다. 나와는 동창생이었는데 학생 시대부터 벌써 그의 천분은 넉넉히 볼 수가 있었습니다. 그는 작곡과를 전공하였는데 때때로 스스로 작곡을 하여서는 밤중에 혼자서 피아노를 두드리고 하여서 우리들로 하여금 뜻하지 않고 일어나게 하고 하였습니다. 그리고 우리는 그 밤중에 울려오는 야성적 선율에 몸을 소스라치고 하였습니다.

그는 야인(野人)이었습니다. 광포스런 야성은 때때로 비위에 틀리면 선생을 두들기기가 예사이며 우리 학교 근처의 술집이며 모든 상점 주인들은 그에게 매깨나 안 얻어맞은 사람이 없었습니다. 그러한 야성은 그의 음악 속에 풍부히 잠겨 있어서 오히려 그 야성적 힘이 그의 예술을 더 빛나게 하는 것이었습니다.

그러나 그가 학교를 졸업하고 난 뒤에는 그 야성은 다른 곳으로 발전되고 말았습니다. 술! 술! 무서운 술이었습니다. 아침부터 저녁까지, 저녁부터 아침까지, 술잔이 그의 입에서 떠나지를

천분(天分) 타고난 재질이나 직분.
야성적(野性的) 자연 또는 본능 그대로의 거친 성질을 지닌.
선율(旋律) 소리의 높낮이가 길이나 리듬과 어울려 나타나는 음의 흐름. 가락.
야인(野人) 1. 교양이 없고 예절을 모르는 사람. 2. 아무 곳에도 소속하지 않은 채 지내는 사람.
광포(狂暴) 미쳐 날뛰듯이 매우 거칠고 사나움.
비위(脾胃) 지라와 위(胃)를 통틀어 이르는 말. '어떤 음식물이나 일에 대하여 먹고 싶거나 하고 싶은 마음'이란 뜻으로도 사용된다.
  지라 척추동물의 림프 계통 기관. 위의 왼쪽이나 뒤쪽에 있으며, 오래된 적혈구나 혈소판을 파괴하거나 림프구를 만들어 내는 작용을 한다.
✾ 비위에 틀리면 자기 성미에 맞지 않으면.

않았습니다. 그리고 술을 먹고는 여편네들에게 행패를 하고, 경찰서에 구류를 당하고, 나와서는 또 같은 일을 하고…….

작품? 작품이 다 무엇이외까. 술을 먹은 뒤에 취흥에 겨워 때때로 피아노에 앉아서 즉흥으로 탄주(彈奏)를 하고 하였는데 지금 생각하면 그 귀기(鬼氣)가 사람을 엄습하는 힘과 야성 (베토벤 이래로 근대 음악가에서 발견할 수 없던) 그런 보물이라 하여도 좋을 것이 많았지만 우리들은 각각 제 길 닦기에 바쁜 사람이라 주정꾼의 즉흥악을 일일이 베껴 둔다든가 그런 일은 꿈에도 생각하지 않았습니다.

우리들은 그의 장래를 생각하여 때때로 술을 삼가기를 권고하였지만 그런 야인에게 친구의 권고가 무슨 소용이 있겠습니까.

"술? 술은 음악이다!"

하고는 하하하하 웃어 버리고 다시 술집으로 달아나고 합니다.

그러한 지 칠팔 년이 지난 뒤에 그는 아주 폐인이 되고 말았습니다. 술이 안 들어가면 그의 손은 떨렸습니다. 눈에는 눈곱이 꼈습니다. 그리고 술이 들어가면, 술이 들어가면 그는 그 광포성을 발휘하였습니다. 누구를 물론하고 붙잡고는 입에 술을

구류(拘留) 죄인을 교도소나 경찰서 유치장에 가두어 자유를 속박하는 일.
즉흥(卽興) 그 자리에서 바로 일어나는 감흥. 또는 그런 기분.
탄주(彈奏) 가야금이나 바이올린 따위의 현악기를 연주함. 여기에서는 피아노를 연주하는 것을 뜻함.
귀기(鬼氣) 1. 귀신이 나타날 것 같은 무시무시한 기운. 2. 귀신이 붙은 기색.
엄습하다(掩襲--) 감정, 생각, 감각 따위가 갑작스럽게 들이닥치거나 덮치다.
권고하다(勸告--) 어떤 일을 하도록 권하다.

부어 넣어 주었습니다. 그러다가는 장소를 불문하고 아무 데나 누워서 잡니다.

사실 아까운 천재였습니다. 우리들 새에는 때때로 그의 천분을 생각하고 아깝게 여기는 한숨이 있었지만 세상에서는 그 '장래가 무서운 한 천재'가 있었다는 것은 몰랐었습니다.

그러는 동안에는 그는 어떤 양가의 처녀를 어떻게 관계를 맺어서 애까지 뺐습니다. 그러나 그 애의 출생을 보지 못하고 아깝게도 심장마비로 죽어 버리고 말았습니다.

그 유복자로 세상에 나온 것이 백성수였습니다.

그러나 우리는 백성수가 세상에 출생되었다는 풍문만 들었지, 그 애 아버지가 죽은 뒤부터는 그 애의 소식이며 그 애 어머니의 소식은 일절 몰랐습니다. 아니, 몰랐다는 것보다, 그 집안의 일은 우리의 머리에서 온전히 잊어버리고 말았습니다.

삼십 년이라는 세월이 흘렀습니다.

십 년이면 산천도 변한다 하는데 삼십 년 새의 변천을 어찌 이루 다 말하겠습니까. 좌우간 그동안에 나는 내 이름을 닦아

새 '사이'의 준말.
양가(良家) 지체가 있는 좋은 집안.
   지체 어떤 집안이나 개인이 사회에서 차지하고 있는 신분이나 지위.
유복자(遺腹子) 태어나기 전에 아버지를 여읜 자식.
풍문(風聞) 바람처럼 떠도는 소문.
일절(一切) '아주, 전혀, 절대로'의 뜻으로, 흔히 사물을 부인하거나 행위를 금지할 때에 쓰는 말.

놓았습니다. 아시다시피 지금 K라 하면 이 나라에서 첫손가락을 꼽는 음악 비평가가 아닙니까. 견실한 지도적 비평가 K라면 이 나라의 음악계의 권위이며, 이 나의 한마디는 음악가의 가치를 결정하는 판결문이라 하여도 옳을 만치 되었습니다. 많은 음악가가 내 손 아래서 자랐으며 많은 음악가가 내 지도로써 이름을 날렸습니다.

재작년 이른 봄 어떤 날이었습니다.

그때 나는 조용한 밤중의 몇 시간씩을 ○○예배당에 가서 명상으로 시간을 보내는 것이 습관이 되어 있었습니다. 언덕 위에 홀로 서 있는 집으로서 조용한 밤중에 혼자 앉아 있노라면 때때로 들보에서 놀라 깬 비둘기의 날개 소리와 간간이 기둥에서 뚝뚝 하는 소리밖에는 아무 소리도 들리지 않는, 말하자면 나 같은 괴상한 성미를 가진 사람이 아니면 돈을 주면서 들어가래도 들어가지 않을 음침한 집이었습니다. 그러나 나 같은 명상을 즐기는 사람에게는 다른 데서 구하기 힘들도록 온갖 것을 가진 집이었습니다. 외따로고 조용하고 음침하며 간간이 알지 못할 신비한 소리까지 들리며 멀리서는 때때로 놀란 듯한 기적(汽笛)

견실하다(堅實--) 생각이나 태도 따위가 믿음직스럽게 굳고 착실하다.
명상(冥想/瞑想) 고요히 눈을 감고 깊이 생각함. 또는 그런 생각.
들보 지붕틀을 받치기 위하여 기둥이나 벽체 위에 수평으로 걸친 구조물.
외따롭다 보기에 홀로 떨어져 있는 듯하다.
기적(汽笛) 기차나 배 따위에서 증기를 내뿜는 힘으로 경적 소리를 내는 장치. 또는 그 소리.

소리도 들리는……. 이것뿐으로도 상당한데, 게다가 이 예배당에는 피아노도 한 대 있었습니다. 예배당에는 오르간은 있을지나 피아노가 있는 곳은 쉽지 않은 것으로서 무슨 흥이나 날 때에는 피아노에 가서 한 곡조 두드리는 재미도 또한 괜찮았습니다.

그날 밤도 (아마 두 시는 지났을걸요.) 그 예배당에서 혼자서 눈을 감고 조용한 맛을 즐기고 있노라는데, 갑자기 저편 아래에서 재재하는 소리가 납디다. 그래서 눈을 번쩍 뜨니까 화광이 충천하였는데, 내다보니까 언덕 아래 어떤 집이 불이 붙으며 사람들이 왔다 갔다 야단이었습니다.

이렇게 말하면 어떨지 모르지만 그다지 멀지 않은 곳에서 불붙는 것을 바라보는 맛도 괜찮은 것이었습니다. 일어서는 불길이며 퍼져 나가는 연기, 불씨의 날아나는 양, 그 가운데 거뭇거뭇 보이는 기둥, 집의 송장, 재재거리는 사람의 무리, 이런 것은 어떻게 생각하면 과연 시도 될지며 음악도 될 것이었습니다. 옛날에 네로가 로마의 불붙는 것을 바라보면서, 자기는 비파를 들

재재하다 좀 수다스럽게 재잘거리어 어지럽다.
화광(火光) 타는 불의 빛.
충천하다(衝天--) 하늘을 찌를 듯이 공중으로 높이 솟아오르다.
양(樣) 사물이나 현상의 모양이나 상태.
네로(Nero Claudius Caesar Drusus Germanicus) 로마의 제5대 황제(37~68). 초기에는 선정(善政)을 베풀었으나, 차츰 측근의 유능한 인재를 살해하고 기독교도를 학살하는 등 공포 정치를 하였다. 제위 기간은 54~68년이다.
비파(琵琶) 동양 현악기의 하나. 몸체는 길이 60~90cm의 둥글고 긴 타원형이며, 자루는 곧고 짧다. 여기에서는 서양의 현악기 중 비파와 유사한 것을 지칭한다.

고 노래를 하였다는 것도 음악가의 견지로 보면 그다지 나무랄 것이 아니었습니다.

나도 그때에 그 불을 보고 차차 흥이 났습니다.

…… 네로를 본받아서 나도 즉흥으로 한 곡조 두드려 볼까. 어렴풋이 이런 생각을 하며 나는 그 불을 정신없이 바라보고 있었습니다.

그때였습니다. 갑자기 덜컥덜컥하는 소리가 들리더니 예배당 문이 열리며 웬 젊은 사람이 하나 낭패한 듯이 뛰어들어 왔습니다. 그리고 무엇에 놀란 사람같이 두리번두리번 사면을 살피더니 그래도 내가 있는 것은 못 보았는지 저편에 있는 창 안에 가서 숨어 서서 아래서 붙는 불을 내다봅니다.

나도 꼼짝을 못하였습니다. 좌우간 심상스런 사람은 아니요 방화범이나 도적으로밖에는 인정할 수 없지 않겠습니까? 그래서 꼼짝을 못하고 서 있노라니까 그 사람은 한숨을 쉽니다. 그리고 맥없이 두 팔을 늘이고 도로 나가려고 발을 떼려다가 자기 곁에 피아노가 놓인 것을 보더니 교의를 끌어다 놓고 피아노 앞에 주저앉고 말겠지요. 나도 거기는 그만 직업적 흥미에 끌렸습니다. 그래서 무엇을 하나 보자 하고 있노라니까 뚜껑을 열더니

견지(見地) 어떤 사물을 판단하거나 관찰하는 입장.
낭패하다(狼狽--) 계획한 일이 실패로 돌아가거나 기대에 어긋나 매우 딱하게 되다.
심상스럽다(尋常---) 대수롭지 아니하고 예사로운 데가 있다.
맥없이(脈--) 기운이 없이.
교의(交椅) 의자.

한 번 뚱 하고 시험을 해 보아요. 그리고 조금 있더니 다시 뚱뚱 하고 시험을 해 보겠지요.

이때부터 그의 숨소리가 차차 높아가기 시작했습니다. 씩씩 거리며 몹시 흥분된 사람같이 몸을 떨다가 벼락같이 양손을 키 위에 갖다가 덮었습니다. 그다음 순간으로 C샤프 단음계의 알레그로가 시작되었습니다.

처음에는 다만 흥미로써 그의 모양을 엿보고 있던 나는 그 알레그로가 울려 나오는 순간 마음은 끝까지 긴장되고 흥분되었습니다.

그것은 순전한 야성적 음향이었습니다. 음악이라 하기에는 너무 힘 있고 무기교(無技巧)였습니다. 그러나 음악이 아니라기에는 거기는 너무 괴롭고도 무겁고 힘 있는 '감정'이 들어 있었습니다. 그것은 마치 야반의 종소리와도 같이 사람의 마음을 무겁고 음침하게 하는 음향인 동시에 맹수의 부르짖음과 같이 사람으로 하여금 소름 돋치게 하는 무서운 감정의 발현이었습니다. 아아 그 야성적 힘과 남성적 부르짖음, 그 아래 감추어 있는

C샤프 C는 개개 음의 절대적인 높이를 가리키기 위하여 음마다 붙이는 음 이름 중 하나. 샤프(#)는 음의 높이를 반음 올릴 것을 지시하는 기호.
단음계(短音階) 온음계의 하나. 둘째와 셋째 사이, 다섯째와 여섯째 사이의 음정은 반음이고, 그 외 다른 음 사이의 음정은 온음을 이루는 음계이다. 계명으로 '라' 음을 주음(主音)으로 한다.
알레그로(allegro) 악보에서, 빠르고 경쾌하게 연주하라는 말.
순전하다(純全--) 순수하고 완전하다.
야반(夜半) 밤중.
발현(發現/發顯) 속에 있거나 숨은 것이 밖으로 나타나거나 그렇게 나타나게 함. 또는 그런 결과.

침통한 주림과 아픔, 순박하고도 아무 기교가 없는 그 표현!

 나는 털썩 그 자리에 주저앉고 말았습니다. 그리고 음악가의 본능으로써 뜻하지 않고 주머니에서 오선지와 연필을 꺼내었습니다. 피아노의 울려 나아가는 소리에 따라서 나의 연필은 오선지 위에서 뛰놀았습니다.

 좀 급속도로 시작된 빈곤, 거기 연하여 주림, 꺼져 가는 불꽃과 같은 목숨, 그러한 것을 지나서 한참 연속되는 완서조(緩徐調)의 압축된 감정, 갑자기 튀어져 나오는 광포. 거기 연한 쾌미(快味) 홍소(哄笑)─ 이리하여 주화조(主和調)로서 탄주는 끝이 났습니다. 더구나 그 속에 나타나 있는 압축된 감정이며 주림 또는 맹렬한 불길 등이 사람의 마음에 주는 그 처참함이며 광포성은 나로 하여금 아직 '문명'이라 하는 것의 은택에 목욕해 보지 못한 야인을 연상케 하였습니다.

 탄주가 다 끝이 난 뒤에도 나는 정신을 못 차리고 망연히 앉아 있었습니다. 물론 조금이라도 음악의 소양이 있는 사람일 것

연하다(連--) 잇닿아 있다. 또는 잇대어 있다.
완서조(緩徐調) 느린 곡조.
쾌미(快味) 쾌감.
홍소(哄笑) 입을 크게 벌리고 웃거나 떠들썩하게 웃음. 또는 그 웃음.
주화조(主和調) 그 곡의 중심조, 즉 으뜸화음. '주화'는 음계의 으뜸음을 밑음으로 하여 이루어진 삼화음으로 장조에서는 '도·미·솔', 단조에서는 '라·도·미'의 화음을 이른다. '조'는 음을 정리하고 질서 있게 하는 근본이 되는 조직으로, 장조, 단조 따위가 있다.
은택(恩澤) 은혜와 덕택(도움)을 아울러 이르는 말.
✤ 은택에 목욕해 보지 못한 은혜와 덕택을 받아 보지 못한. 혜택을 받지 못한.
망연히(茫然-) 아무 생각이 없이 멍한 태도로.
소양(素養) 평소 닦아 놓은 학문이나 지식. 교양.

같으면 이제 그 소나타를 음악에 대하여 정통으로 아무러한 수양도 받지 못한 사람이 다만 자기의 천재적 즉흥뿐으로 탄주한 것임을 알 것입니다. 해결도 없이 감칠도 화현(減七度和絃)이며 증육도 화현(增六度和絃)을 범벅으로 섞어 놓았으며 금칙(禁則)인 병행 오팔도(竝行五八度)까지 집어넣은 것으로서, 더구나 스케르초는 온전히 뽑아 먹은, 대담하다면 대담하고 무식하다면 무식하달 수도 있는 방분 자유한 소나타였습니다.

이때에 문득 내 머리에 떠오른 것은 삼십 년 전에 심장마비로 죽은 백○○였습니다. 그의 음악으로서 만약 정통적 훈련만 뽑고 거기다가 야성을 더 집어넣으면 지금 내 눈앞에 있는 그 음악가의 것과 같은 것이 될 것이었습니다. 귀기가 사람을 엄습하는 듯한 그 힘과 방분스런 표현과 야성 — 이것은 근대 음악가에게 구하기 힘든 보물이었습니다.

그 소나타에 취하여 한참 정신이 어리둥절히 앉았던 나는 고즈넉이 일어서서, 그 피아노 앞에 가서 그의 어깨에 가만히 손

감칠도 화현(減七度和絃), 증육도 화현(增六度和絃), 병행 오팔도(竝行五八度) 모두 음악이론상 화음의 원칙에 맞지 않는 무질서한 화음을 가리킴.
금칙(禁則) 저촉되는 일을 하지 않도록 금지하는 규칙.
스케르초(scherzo) 베토벤이 미뉴에트 대신 소나타, 교향곡 등의 제3악장에 채용한 3박자의 쾌활한 곡. 격렬한 리듬, 기분의 급격한 변화 등이 그 특징이다.
✽ 스케르초는 온전히 뽑아 먹은 스케르초는 온전하게 살려 낸.
방분(放奔) 분방(奔放). 규칙이나 규범 따위에 구애받지 아니하고 제멋대로 나아가 거침이 없음. 여기에서의 '방분 자유하다'는 '자유분방하다'의 의미임.
고즈넉이 1. 고요하고 아늑한 상태로. 2. 말없이 다소곳하거나 잠잠하게.

을 얹었습니다. 한 곡조를 타고 나서 아주 곤한 듯이 정신이 없이 앉아 있던 그는 펄떡 놀라며 일어서서 내 얼굴을 보았습니다.

"자네 몇 살 났나?"

나는 그에게 이렇게 첫말을 물었습니다. 가슴이 답답한 나로서는 이런 말밖에는 갑자기 다른 말이 생각 안 났습니다. 그는 높은 창에서 들어오는 달빛을 받고 있는 내 얼굴을 한순간 쳐다보고 머리를 돌이키고 말았습니다.

"배고프냐?"

나는 두 번째 그에게 물었습니다.

그는 시끄러운 듯이 벌떡 일어섰습니다. 그리고 달빛이 비친 내 얼굴을 정면으로 바라보다가,

"아, K 선생님 아니세요?"

하면서 나를 붙들었습니다. 그래서 그렇노라고 하니깐,

"사진으로는 늘 뵀습니다마는……."

하면서 다시 맥없이 나를 놓으며 머리를 돌렸습니다.

그 순간, 그가 머리를 돌이키는 순간 달빛에 얼핏, 나는 그의 얼굴을 처음으로 보았습니다. 그리고 나는 거기서 뜻밖에 삼십 년 전에 죽은 백○○의 모습을 발견하였습니다.

"자, 자네 이름이 뭐인가?"

"백성수……."

"백성수? 그 백○○의 아들이 아닌가. 삼십 년 전에, 자네가 나오기 전에 세상 떠난……."

그는 머리를 번쩍 들었습니다.

"네? 선생님 어떻게 아세요?"

"백○○의 아들인가? 같이두 생겼다. 내가 자네의 아버지와 동창이네. 아아, 역시 그 애비의 아들이다."

그는 한숨을 길게 쉬며 머리를 수그려 버렸습니다.

나는 그날 밤 그 백성수를 데리고 집으로 돌아왔습니다. 그리고 비록 작곡상 온갖 법칙에는 어그러진다 하나 그만치 힘과 정열과 야성으로 찬 소나타를 거저 버리기가 아까워서 다시 한 번 피아노에 올라앉기를 명하였습니다. 아까 예배당에서 내가 베낀 것은 알레그로가 거의 끝난 곳부터였으므로 그 전 것을 베끼기 위해서였습니다.

그는 피아노를 향하여 앉아서 머리를 기울였습니다. 몇 번 손으로 키를 두드려 보다가는 다시 머리를 기울이고 생각하고 하였습니다. 그러나 다섯 번 여섯 번을 다시 해 보았으나 아무 효과도 없었습니다. 피아노에서 울려 나오는 음향은 규칙 없고 되지 않은 한낱 소음(騷音)에 지나지 못하였습니다. 야성? 힘? 귀기? 그런 것은 없었습니다. 감정의 재뿐이 있었습니다.*

"선생님 잘 안됩니다."

✤ **감정의 재뿐이 있었습니다** 감정이 타고 남은 재밖에 없었습니다. 즉, 처음 곡을 연주할 때의 야성이나 힘, 귀기가 살아나지 못하고 마치 그때의 감정이 다 죽어 버리고 남은 재 같은 느낌이었다는 의미이다.

그는 부끄러운 듯이 연하여 고개를 기울이며 이렇게 말하였습니다.

"두 시간도 못 되어서 벌써 잊어버린담?"

나는 그를 밀어 놓고 내가 대신하여 피아노 앞에 앉아서 아까 베낀 그 음보를 펴 놓았습니다. 그리고 내가 베낀 곳부터 다시 시작하였습니다.

화염! 화염! 빈곤, 주림, 야성적 힘, 기괴한 감금당한 감정! 음보를 보면서 타던 나는 스스로 흥분이 되었습니다. 미상불 그때는 내 눈은 미친 사람같이 번득였으며 얼굴은 흥분으로 새빨갛게 되었을 것이었습니다.

즉 그때에 그가 갑자기 달려들더니 나를 떠밀쳐 버렸습니다. 그리고 자기가 대신하여 앉았습니다.

의자에서 떨어진 나는 너무 흥분되어 다시 일어날 힘도 없이 그 자리에 앉은 대로 그의 양을 쳐다보았습니다. 그는 나를 밀쳐 버린 다음에 그 음보를 들고서 읽기 시작하였습니다. 아아 그의 얼굴! 그의 숨소리가 차차 높아지면서 눈은 미친 사람과 같이 빛을 내기 시작하였습니다. 그러더니 그 음보를 홱 내던지며 문득 벼락같이 그의 두 손은 피아노 위에 덧업혔습니다.

'C샤프 단음계'의 광포스런 '소나타'는 다시 시작되었습니다.

음보(音譜) 악보.
미상불(未嘗不) 아닌 게 아니라 과연.

폭풍우같이 또는 무서운 물결같이 사람으로 하여금 숨 막히게 하는 그 힘, 그것은 베토벤 이래로 근대 음악가에서 보지 못하던 광포스런 야성이었습니다. 무섭고도 참담스런 주림, 빈곤, 압축된 감정, 거기서 튀어져 나온 맹염(猛炎), 공포, 홍소 — 아 아 나는 너무 숨이 답답하여 뜻하지 않게 두 손을 홰홰 내저었습니다.

그날 밤이 새도록, 그는 흥분이 되어서 자기의 과거를 일일이 다 이야기하였습니다. 그 이야기에 의지하면 대략 그의 경력이 이러하였습니다.

그의 어머니는 그를 밴 뒤에 곧 자기의 친정에서 쫓겨 나왔습니다. 그때부터 그의 가난함은 시작되었습니다.

그러나 교양이 있고 어진 그의 어머니는 품팔이를 할지언정 성수는 곱게 길렀습니다. 변변치는 않으나마 오르간 하나를 준비해 두고, 그가 잠자렬 때에는 슈베르트의 '자장가'로써 그의 잠을 도왔으며 아침에 깨일 때는 하루 종일 유쾌히 지내게 하기 위하여 다울런드의 '세컨드 왈츠'로써 그의 원기를 돋우었습니다.

그는 세 살 났을 적에 어머니의 품에 안겨서 오르간을 장난해

맹염(猛炎) 세차게 타오르는 불꽃.
품팔이 품삯을 받고 남의 일을 해 주는 일. 또는 그런 사람.
✤ 잠자렬 때에는 잠자려 할 때에는.
다울런드(Dowland, John) 영국의 작곡가, 류트 연주자(1563~1626). 덴마크와 영국 왕실 류트 연주자를 지냈다. 연주자뿐 아니라 작곡가로서도 명성이 높았고 많은 류트 가곡과 합주곡을 남겼다.

보았습니다. 이 오르간을 장난하는 것을 본 어머니는 근근이 돈을 모아서 그가 여섯 살 나는 해에 피아노를 하나 샀습니다.

아침에는 새소리, 바람에 버석거리는 포플러 잎, 어머니의 사랑, 부엌에서 국 끓는 소리, 이러한 모든 것이 이 소년에게는 신비스럽고도 다정스러워 그는 피아노에 향하여 앉아서 생각나는 대로 키를 두드리고 하였습니다.

이러한 가운데 고이 소학과 중학도 마쳤습니다. 그러는 동안에 음악에 대한 동경은 그의 가슴에 터질 듯이 쌓였습니다.

중학을 졸업한 뒤에는 인젠 어머니를 위하여 그는 학업을 중지하지 않을 수가 없었습니다. 그는 어떤 공장의 직공이 되었습니다. 그러나 어진 어머니의 교육 아래서 길러난 그는 비록 직공은 되었다 하나 아주 온량한 사람이었습니다.

그리고 음악에 대한 집착은 조금도 줄지 않았습니다. 비록 돈이 없어서 정식으로 음악 교육은 못 받을망정 거리에서 손님을 끄느라고 틀어 놓은 유성기 앞이며 또는 일요일 날 예배당에서 찬양대의 노래에 젊은 가슴을 뛰놀리던 그였습니다. 집에서는 피아노 앞을 떠나 본 일이 없었습니다.

근근이(僅僅-) 어렵사리 겨우.
고이 편안하고 순탄하게.
소학(小學) '초등학교'의 전 용어.
온량하다(溫良--) 성품이 온화하고 무던하다.
유성기(留聲機) 축음기(蓄音機). 레코드에서 녹음된 음을 재생하는 장치로, 1877년에 미국의 에디슨이 발명하였다.

때때로 비상한 감흥으로 오선지를 내어놓고 음보를 그려 본 적도 한두 번이 아니었습니다. 그러나 이상한 것은 그만치 뛰놀던 열정과 터질 듯한 감격도 음보로 그려 놓으면 아무 긴장도 없는 싱거운 음계가 되어 버리고 하였습니다. 왜? 그만치 천분이 있고 그만치 열정이 있던 그에게서 왜 그런 재와 같은 음악만 나왔느냐고 물으실 테지요. 거기 대하여서는 이따가 설명하리다.

감격과 불만, 열정과 재, 비상한 흥분과 그 흥분에 대한 반비례되는 시원치 않은 결과, 이러한 불만의 십 년이 지났습니다.

그의 어머니는 문득 몹쓸 병에 걸렸습니다.

자양과 약값, 그의 몇 해를 근근이 모았던 돈은 차차 줄기 시작하였습니다. 조금이라도 안락한 생활이 되기만 하면 정식으로 음악에 대한 교육을 받으려고 모아 두었던 저금은 그의 어머니의 병에 다 들어갔습니다. 그러나 그의 어머니의 병은 차도가 보이지 않았습니다.

그리하여, 그와 내가 그 예배당에서 만나기 전 해 여름 어떤 날, 그의 어머니는 도저히 회복할 가망이 없는 중태에까지 빠지게 되었습니다. 그러나 그때는 벌써 그에게는 돈이라고는 다 떨어진 때였습니다.

비상하다(非常 --) 예사롭지 아니하다. 평범하지 아니하고 뛰어나다.
자양(滋養) 몸의 영양을 좋게 함.

그날 아침, 그는 위독한 어머니를 버려 두고 역시 공장에를 갔습니다. 그러나 아무리 하여도 마음이 놓이지 않아서 일을 중도에 그만두고 집으로 돌아왔습니다. 그때는 어머니는 벌써 혼수상태에 빠져 있었습니다. 가슴이 덜컥 내려앉은 그는 황급히 다시 뛰어나갔습니다. 그러나 어디로? 무얼 하러? 뜻 없이 뛰어나와서 한참 달음박질하다가, 그는 문득 정신을 차리고 의사라도 청할 양으로 히끈 돌아섰습니다.

그때였습니다. 아까 내가 말한 바 '기회'라는 것이 그때에 그의 앞에 나타났습니다. 그것은 조그만 담뱃가게 앞이었는데 가게와 안방과의 새의 문은 닫혀 있고 안에는 미상불 사람이 있을지나 가게를 보는 사람은 눈에 안 띄었습니다. 그리고 그 담배 상자 위에는 오십 전짜리 은전 한 닢과 동전 몇 닢이 놓여 있었습니다.

그는 자기로도 무엇을 하는지 몰랐습니다. 의사를 청하여 오려면, 다만 몇십 전이라도 돈이 있어야겠단 어렴풋한 생각만 가지고 있던 그는, 한 번 사면을 살핀 뒤에 벼락같이 그 돈을 쥐고 달아났습니다.

그러나 그는 이십 간도 뛰지 못하여 따라오는 그 집 사람에게 붙들렸습니다.

히끈 얼른.
간(間) 길이의 단위. 한 간은 여섯 자로, 1.81818미터에 해당한다.

그는 몇 번을 사정하였습니다. 마지막에는 자기의 어머니가 명재경각(命在頃刻)이니, 한 시간만 놓아주면 의사를 어머니에게 보내고 다시 오마고까지 해 보았습니다. 그러나 그런 말은 모두 헛소리로 돌아가고, 그는 마침내 경찰서로 가게 되었습니다.

경찰서에서 재판소로 재판소에서 감옥으로 — 이러한 여섯 달 동안에 그는 이를 갈면서 분해하였습니다. 자기 어머니의 운명이 어찌 되었나. 그는 손과 발을 동동 구르면서 안타까워했습니다. 만약 세상을 떠났다 하면 떠나는 순간에 얼마나 자기를 찾았겠습니까. 임종에도 물 한 잔 떠 넣어 줄 사람이 없는 어머니였습니다. 애타하는 그 모양, 목말라하는 그 모양을 생각하고는 그 어머니에게 지지 않게 자기도 애타하고 목말라했습니다.

반년 뒤에 겨우 광명한 세상에 나와서 자기의 오막살이를 찾아가매 거기는 벌써 다른 사람이 들어 있었으며 그의 어머니는 반년 전에 아들을 찾으며 길에까지 기어 나와서 죽었다 합니다.

공동묘지를 가 보았으나 분묘조차 발견할 수가 없었습니다.

이리하여 갈 곳이 없이 헤매던 그는 그날도 역시 잘 곳을 찾으러 헤매다가 그 예배당(나하고 만난)까지 뛰쳐 들어온 것이었습니다.

명재경각(命在頃刻) 거의 죽게 되어 곧 숨이 끊어질 지경에 이름.
임종(臨終) 죽음을 맞이함.
분묘(墳墓) 무덤.

여기까지 이야기해 오던 K씨는 문득 말을 끊었다. 그리고 마도로스파이프를 꺼내어 담배를 피워 가지고 빨면서 모씨에게 향하였다.

"선생은 이제 내가 이야기한 가운데 모순된 점을 발견 못하셨습니까?"

"글쎄요."

"그럼 내가 대신 물으리다. 백성수는 그만치 천분이 많은 음악가였는데 왜 그 '광염 소나타'(그날 밤의 소나타를 '광염 소나타'라고 그랬습니다.)를 짓기 전에는 그만치 흥분되고 긴장되었다가도 일단 음보로 만들어 놓으면 아주 힘없는 것이 되어 버리고 했겠습니까?"

"그게야 미상불 그때의 흥분이 '광염 소나타'를 지을 때의 흥분만 못한 연고겠지요."

"그렇게 해석하세요? 듣고 보니 그것은 한 해석이 되기는 합니다. 그러나 나는 그렇게 해석 안 하는데요."

"그럼 K씨는 어떻게 해석하십니까?"

"나는, 아니, 내 해석을 말하는 것보다 그 백성수한테서 내게로 온 편지가 한 장 있는데, 그것을 보여 드리리다. 선생은 오

마도로스파이프 담배통이 크고 뭉툭하며 대가 짧은 서양식 담뱃대의 하나. 뱃사람들이 주로 사용한 데서 유래한다.
  마도로스(matroos) 주로 외항선의 선원을 이르는 네덜란드 어.
연고(緣故) 일의 까닭.

늘 바쁘시지 않으세요?"

"일은 없습니다."

"그러면 우리 집까지 잠깐 같이 가 보실까요?"

"가지요."

두 노인은 일어섰다.

도회와 교외의 경계에 달린 K씨의 집에까지 두 노인이 이른 때는 오후 너덧 시가 된 때였다.

두 노인은 K씨의 서재에 마주 앉았다.

"이것이 이삼 일 전에 백성수한테서 내게로 온 편지인데 읽어 보세요."

K씨는 서랍에서 기다란 편지 뭉치를 꺼내어 모씨에게 주었다. 모씨는 받아서 폈다.

"가만, 여기서부터 보세요. 그 전에는 쓸데없는 인사이니까."

…… (중략) 그리하여 그날도 또한 이제 밤을 지낼 집을 구하느라고 돌아다니던 저는 우연히 그 집, 제가 전에 돈 오십여 전을 훔친 집 앞에까지 이르렀습니다. 깊은 밤 사면은 고요한데 그 집 앞에서 잘 곳을 구하느라고 헤매던 저는 문득 마음속에 무서운 복수의 생각이 일어났습니다. 이 집만 아니었더면, 이 집 주인이 조금만 인정이라는 것을 알았더면, 저는 그 불쌍한 제 어머니로서 길에까지 기어 나와서 세상을 떠나게 하지는 않았겠습니다. 분묘가 어디인지조차 알지 못하여 꽃 한 번 갖다가

꽂아 보지 못한 이러한 불효도 이 집 때문이외다. 이러한 생각에 참지를 못하여, 그 집 앞에 가려 있는 볏짚에다가 불을 놓았습니다. 그리고 거기 서서 불이 집으로 옮아가는 것을 다 본 뒤에 갑자기 무서운 생각이 나서 달아났습니다.

좀 달아나다 보매 아래서는 벌써 사람이 꾀어들기 시작한 모양인데 이때에 저의 머리에 타오르는 생각은 통쾌하다는 생각과 달아나려는 생각뿐이었습니다. 그리하여 저는 몸을 숨기기 위하여 앞에 보이는 예배당 안으로 뛰어 들어갔습니다.

거기서 불이 다 꺼지도록 구경을 한 뒤에 나오려다가 피아노를 보고······.

"이 보세요."

K씨는 편지를 보는 모씨를 찾았다.

"비상한 열정과 감격은 있어두 그것이 그대로 표현 안 된 것이 그것 때문이었습니다. 즉 성수의 어머니는 몹시 어진 사람으로서 어렸을 때부터 성수의 교육을 몹시 힘을 들여서 착한 사람이 되도록, 이렇게 길렀습니다그려. 그 어진 교육 때문에 그가 하늘에서 타고난 광포성과 야성이 표면상에 나타나지를 못하였습니다. 그 타오르는 야성적 열정과 힘이 음보로 그려 놓으면 아주 힘없는, 말하자면 김빠진 술과 같이 되고 하는 것이 모두 그 때문이었습니다그려. 점잖고 어진 교훈이, 그의 천분을 못 발휘하게 한 셈이지요."

"흠."

"그것이, 그 사람 성수가, 감옥 생활을 할 동안에 한 번 씻기기는 하였으나,* 그러나 사람의 교양이라 하는 것은 온전히 씻지는 못하는 것이외다.

그러다가, 그 '원수'의 집 앞에서 갑자기, 말하자면 돌발적으로 야성과 광포성이 나타나서 불을 놓고 예배당 안에 숨어 서서 그 야성적 광포적 쾌미를 한껏 즐긴 다음에, 그에게서 폭발하여 나온 것이 그 '광염 소나타'였구려.

일어서는 불길, 사람의 비명, 온갖 것을 무시하고 퍼져 나가는 불의 세력 — 이런 것은 사실 야성적 쾌미 가운데 으뜸이 되는 것이니깐요."

"……."

"아셨습니까. 그러면 그다음에 그 편지의 여기부터 또 보세요."

…… (중략) 저는 그날의 일이 아직 눈앞에 어리는 듯하외다. 선생님이 저를 세상에 소개하시기 위하여 늙으신 몸이 몸소 피아노에 앉으셔서 초대한 여러 음악가들 앞에서 제 '광염 소나타'를 탄주하시던 그 광경은 지금 생각하여도 제 눈에서 눈물

✽ 그것이, 그 사람 성수가 ~ 한 번 씻기기는 하였으나 백성수가 감옥 생활을 하는 동안에 그가 어릴 적에 받은 '점잖고 어진 교훈'의 영향이 한 번 씻겨 나가긴 했으나.

이 나오려 합니다. 그때에 그 손님 가운데 부인 손님 두 분이 기절을 한 것은 결코 '광염 소나타'의 힘뿐이 아니고 선생의 그 탄주의 힘이 많이 섞인 것을 뉘라서 부인하겠습니까. 그 뒤에 여러 사람 앞에 저를 내세우고,

"이 사람이 '광염 소나타'의 작자이며 삼십 년 전에 우리를 버려 두고 혼자 간 일대의 귀재 백○○의 아들이외다."

고 소개를 하여 주신 그때의 그 감격은 제 일생에 어찌 잊사오리까.

그 뒤에 선생님께서 저를 위하여 꾸며 주신 방도 또한 제 마음에 가장 맞는 방이었습니다. 널따란 북향 방에 동남쪽 귀에 든든한 참나무 침대가 하나, 서북쪽 귀에 아무 장식 없는 참나무 책상과 의자, 피아노가 하나씩, 그 밖에는 방 안에 장식이라고는 서남쪽 벽에 커다란 거울이 하나 있을 뿐, 덩그렇게 넓은 방은 사실 밤에 전등 아래 앉아 있노라면 저절로 소름이 끼치도록 무시무시한 방이었습니다. 게다가 방 안은 모두 꺼먼 칠을 하고, 창밖에는 늙은 홰나무의 고목이 한 그루 서 있는 것도 과연 귀기가 돌았습니다. 이러한 가운데서 선생님은 저로 하여금 방분스러운 음악을 낳도록 애써 주셨습니다.

저도 그런 환경 아래서 좋은 음악을 낳아 보려고 얼마나 애를

일대(一代) 한 시대나 한 세대 전체.
귀재(鬼才) 세상에서 보기 드물게 뛰어난 재능. 또는 그런 재능을 가진 사람.

썼겠습니까. 어떤 날 선생님께 작곡에 대한 계통적 훈련을 원할 때에 선생님은 이렇게 대답하셨습니다.

"자네게는 그러한 교육이 필요가 없어. 마음대로 나오는 대로 하게. 자네 같은 사람에게 계통적 훈련이 들어가면 자네의 음악은 기계화해 버리고 말아. 마음대로 온갖 규칙과 규범을 무시하고 가슴에서 터져 나오는 대로……."

저는 이 말씀의 뜻을 똑똑히는 몰랐습니다. 그러나 대략한 의미뿐은 통하였습니다. 그리하여 저는 마음대로 한껏 자유스러운 음악의 경지를 개척하려 하였습니다.

그러나 그동안에 제가 산출한 음악은 모두 이상히도 저의 이전(제 어머니가 아직 살아 계실 때)의 것과 마찬가지로 아무러한 힘도 없는 음향의 유희에 지나지 못하였습니다.

저는 얼마나 초조하였겠습니까. 때때로 선생님께서 채근 비슷이 하시는 말씀은 저로 하여금 더욱 초조하게 하였습니다. 그리고 마음이 초조하면 초조할수록 제게서 생겨나는 음악은 더욱 나약한 것이 되었습니다.

저는 때때로 그 불붙던 광경을 생각해 보았습니다. 그리고 그때에 통쾌하던 감정을 되풀이해 보려 하였습니다. 그러나 그

계통적(系統的) 일정한 체계에 따라 관련되어 통일된. 또는 그런 것.
산출하다(産出--) 물건을 생산하여 내거나 인물 · 사상 따위를 내다.
유희(遊戱) 즐겁게 놀며 장난함. 또는 그런 행위.
채근(採根) 어떻게 행동하기를 따지어 독촉함.

것 역시 실패에 돌아갔습니다.

때때로 비상한 열정으로 음보를 그려 놓은 뒤에 몇 시간을 지나서 다시 한 번 읽어 보면 거기는 아무 힘이 없는 개념만 있고 하였습니다.

저의 마음은 차차 무거워지기 시작하였습니다. 그리고 큰 기대를 가지고 계신 선생님께도 미안하기가 짝이 없었습니다.

"음악은 공예품과 달라서 마음대로 만들고 싶은 때에 되는 것이 아니니 마음 놓고 천천히 감흥이 생긴 때에······."

이러한 선생님의 위로의 말씀을 듣기가 제 살을 깎아 먹는 듯하였습니다. 그러나 제 마음상은 인제는 제게서 다시 힘 있는 음악이 나올 기회가 없는 것같이만 생각되었습니다.

이러는 동안에 무위의 몇 달이 지났습니다.

어떤 날 밤중, 가슴이 너무 무겁고 가슴속에 무엇이 가득 찬 것같이 거북하여서, 저는 산보를 나섰습니다. 무거운 머리와 무거운 가슴과 무거운 다리를 지향 없이 옮기면서 돌아다니다가 저는 어떤 곳에서 커다란 볏짚 낟가리를 발견하였습니다.

이때의 저의 심리를 어떻게 형용하였으면 좋을지 저는 모르겠습니다. 저는 무슨 무서운 적(敵)을 만난 것같이 긴장되고 흥

무위(無爲) 아무것도 하는 일이 없음. 또는 이룬 것이 없음.
지향(志向) 어떤 목표로 뜻이 쏠리어 향함. 또는 그 방향이나 쪽으로 쏠리는 의지.
낟가리 낟알이 붙은 곡식을 그대로 쌓은 더미.
형용(形容) 말이나 글, 몸짓 따위로 사물이나 사람의 모양을 나타냄.

분되었습니다. 저는 사면을 한 번 살펴보고, 그 낟가리에 달려가서 불을 그어서 놓았습니다. 그리고 갑자기 무서움증이 생겨서 돌아서서 달아나다가, 멀찌가니까지 달아나서 돌아보니까, 불길은 벌써 하늘을 찌를 듯이 일어났습니다. 와, 와, 꺄, 꺄, 사람들이 부르짖는 소리도 들렸습니다. 저는 다시 그곳까지 가서, 그 무서운 불길에 날아 올라가는 볏짚이며, 그 낟가리에 연달아 있는 집을 헐어 내는 광경을 구경하다가 문득 흥분되어서 집으로 돌아왔습니다.

그날 밤에 된 것이 '성난 파도'였습니다.

그 뒤에 이 도회에서 일어난, 알지 못할 몇 가지의 불은, 모두 제가 질러 놓은 것이었습니다. 그리고, 불이 있던 날 밤마다 저는 한 가지의 음악을 얻었습니다. 며칠을 연하여 가슴이 몹시 무겁다가 그것이 마침내 식체와 같이 거북하고 답답하게 되는 때는 저는 뜻 없이 거리를 나갑니다. 그리고 그러한 날은 한 가지의 방화 사건이 생겨나며 그날 밤에는 한 곡의 음악이 생겨났습니다.

그러나 그것도 번수가 차차 많아 갈 동안, 저의, 그 불에 대한

식체(食滯) 음식에 의해서 비위가 상한 병증. 과식을 하거나 익지 않은 음식, 불결한 음식을 먹거나 기분이 안 좋은 상태에서 음식을 섭취할 때 생긴다.
번수(番數) 차례의 수효.

흥분은 반비례로 줄어졌습니다. 온갖 것을 용서하지 않는 불꽃의 잔혹함도, 그다지 제 마음을 긴장시키지 못하였습니다.

"차차, 힘이 적어져 가네."

선생님께서 제 음악을 보시고 이렇게 말씀하신 것이 그러한 때였습니다.

그러나, 저는 게서 더할 도리가 없었습니다. 하는 수 없이 저는 한동안 음악을 온전히 잊어버린 듯이 내버려 두었습니다.

모씨가 성수의 마지막 편지를 여기까지 읽었을 때에, K씨가 찾았다.

"재작년 봄에서 가을에 걸쳐서, 원인 모를 불이 많지 않았습니까. 그것이 죄 성수의 장난이었습니다그려."

"K씨는 그것을 온전히 모르셨습니까?"

"나요? 몰랐지요. 그런데, 그 어떤 날 밤이구려. 성수는 기대에 반해서, 우리 집으로 온 지 여러 달이 됐지만, 한 번도 힘 있는 것을 지어 본 일이 없겠지요. 그래서, 저 사람에게 무슨 흥분될 재료를 줄 수가 없나 하고 혼자 생각하며 있더랬는데, 그때에 저 — 편 —."

K씨는 손을 들어 남편 쪽 창을 가리켰다.

게서 '거기에서'가 줄어든 말.
죄 죄다. 남김없이 모조리.

"저 — 편 꽤 멀리서 불붙는 것이 눈에 뜨입디다그려. 그래서 저것을 성수에게 보이면, 혹 그때의 감정(그때는, 나는 그 담배 장수네 집에 불이 일어난 것도 성수의 장난인 줄은 꿈에도 생각 안 했구려.)을 부활시킬지도 모르겠다, 이렇게 생각하구 성수의 방으로 올라가려는데, 문득 성수의 방에서 피아노 소리가 울려 나옵디다그려. 나는 올라가려던 발을 부지중 멈추고 말았지요. 역시 C샤프 단음계로서, 제일곡은 뽑아 먹고, 아다지오에서 시작되는데, 고요하고 잔잔한 바다, 수평선 위로 넘어가려는 저녁 해, 이러한 온화한 것이 차차 스케르초로 들어가서는 소낙비, 풍랑, 번개질, 무서운 바람 소리, 우레질, 전복되는 배, 곤해서 물에 떨어지는 갈매기, 한 번 뒤집어지면서 해일에 쓸려 나가는 동네 사람의 부르짖음 — 흥분에서 흥분, 광포에서 광포, 야성에서 야성, 온갖 공포와 포학한 광경이 눈앞에 어릿거리는데, 이 늙은 내가 그만 흥분에 못 견디어, 뜻하지 않고 '그만두어 달라'고 고함친 것만으로도 짐작하

부지중(不知中) 알지 못하는 동안.
❋ 제일곡은 뽑아 먹고 곡의 첫 번째 부분은 생략하고.
아다지오(adagio) 악보에서, 안단테(andante : 느리게)와 라르고(largo : 아주 느리게) 사이의 느린 속도로 연주하라는 말. 또는 그 속도로 연주하는 곡이나 악장.
우레질 우레, 즉 천둥이 치는 일. '-질'은 '그런 일' 또는 '그런 행위'의 뜻을 더하는 접미사임.
전복되다(顚覆--) 차나 배 따위가 뒤집히다.
해일(海溢) 해저의 지각 변동이나 해상의 기상 변화에 의하여 갑자기 바닷물이 크게 일어서 육지로 넘쳐 들어오는 것. 또는 그런 현상.
포학하다(暴虐--) 몹시 잔인하고 난폭하다.

시겠지요. 그리고 올라가서 보니깐, 그는 탄주를 끝내고 피곤한 듯이 피아노에 기대고 앉아 있고, 이제 탄주한 것은 벌써 '성난 파도'라는 제목 아래 음보로 되어 있습디다."
"그러면 성수는 불을 두 번 놓고, 두 음악을 얻었다는 말씀이지요?"
"그렇지요. 그리고, 그 뒤부터는 한 십여 일 건너서는 하나씩 지었는데, 그것이 지금 보면, 한 가지의 방화 사건이 생길 때마다 생겨난 것이었습니다. 그러나, 그의 편지마따나, 얼마 지나서부터는 차차 그 힘과 야성이 적어지기 시작했지요. 그래서 —."
"가만계십쇼. 그 사람이 그다음에도 '피의 선율'이나 그 밖에 유명한 곡조를 여러 개 만들지 않았습니까?"
"글쎄 말이외다. 거기 대한 설명은 그 편지를 또 보십쇼. 여기서부터 또 보시면 알리다."

…… (중략) ××다리 아래로서 나오려는데, 무엇이 발길에 채는 것이 있었습니다. 성냥을 그어 가지고 보니깐, 그것은 웬 늙은이의 송장이었습니다. 저는 그것이 무서워서 달아나려다가, 돌아서려던 발을 다시 돌이켰습니다. 그리고,

선생님은 이제 제가 쓰는 일을 이해해 주실는지요. 그것은 너무도 기괴한 일이라 저로서도 믿어지지 않는 일이었습니다. 그 송장을 타고 앉았습니다. 그리고 그 송장의 옷을 모두 찢어

서 사면으로 내던진 뒤에, 그 벌거벗은 송장을, (제 힘이라 생각되지 않는) 무서운 힘으로써 높이 쳐들어서, 저편으로 내던졌습니다. 그런 뒤에는, 마치 고양이가 알을 가지고 놀 듯, 다시 뛰어가서 그 송장을 들어서, 도로 이편으로 던졌습니다. 이렇게 몇 번을 하여 머리가 깨지고, 배가 터지고 — 그 송장은 보기에도 참혹스러이 되었습니다. 그리하여 그 송장을 다시 만질 곳이 없이 된 뒤에, 저는 그만 곤하여 그 자리에 앉아서 쉬려다가 갑자기 마음이 긴장되고 흥분되어서, 집으로 달려왔습니다.

그날 밤에 된 것이 '피의 선율'이었습니다.

"선생은 이러한 심리를 아시겠습니까?"

"글쎄요."

"아마, 모르실걸요. 그러나 예술가로서는 능히 머리를 끄덕일 수 있는 심리외다. 그리고 또 여기를 읽어 보십시오."

…… (중략) 그 여자가 죽었다는 것은 제게는 사실 뜻밖이었습니다.

저는, 그날 밤 혼자 몰래 그 여자의 무덤을 찾아갔습니다. 그리고 칠팔 시간 전에 묻어 놓은 그의 무덤의 흙을 다시 파서 그의 시체를 꺼내어 놓았습니다.

푸르른 달빛 아래 누워 있는 아름다운 그의 모양은 과연 선녀와 같았습니다. 가볍게 눈을 닫고 있는 창백한 얼굴, 곧은 콧날,

풀어헤친 검은 머리 — 아무 표정도 없는 고요한 얼굴은 더욱 처염함을 도왔습니다. 이것을 정신이 없이 들여다보고 있던 저는 갑자기 흥분이 되어, 아아, 선생님 저는 이 아래를 쓸 용기가 없습니다. 재판소의 조서를 보시면 저절로 아실 것이올시다.

그날 밤에 된 것이 '사령(死靈)'이었습니다.

"어떻습니까?"

"……."

"네?"

"……."

"언어도단이에요? 선생의 눈으로는 그렇게 뵈시리다. 또 여기를 읽어 보십쇼."

…… (중략) 이리하여 저는 마침내 사람을 죽인다 하는 경우에까지 이르렀습니다. 그리고 한 사람이 죽을 때마다 한 개의 음악이 생겨났습니다. 그 뒤부터 제가 지은 그 모든 것은 모두 다 한 사람씩의 생명을 대표하는 것이었습니다.

처염하다(悽艶--) 처절하게 아름답다.
조서(調書) 조사한 사실을 적은 문서.
사령(死靈) 죽은 사람의 넋.
언어도단(言語道斷) 말할 길이 끊어졌다는 뜻으로, 어이가 없어서 말하려 해도 말할 수 없음을 이르는 말. 말이 안 됨.

"인전 더 보실 것이 없습니다. 그런데 그만큼 보셨으면 성수에 대한 대략한 일은 아셨을 터인데, 거기 대한 의견이 어떻습니까?"

"……."

"네?"

"어떤 의견 말씀이오니까?"

"어떤 '기회'라는 것이 어떤 사람에게서, 그 사람이 가지고 있는 천재와 함께, '범죄 본능'까지 끌어내었다 하면, 우리는 그 '기회'를 저주하여야겠습니까 혹은 축복하여야겠습니까? 이 성수의 일로 말하자면 방화, 사체 모욕, 시간(屍姦), 살인, 온갖 죄를 다 범했어요. 우리 예술가 협회에서 별로 수단을 다 써서 정부에 탄원하고 재판소에 탄원하고 해서 겨우 성수를 정신병자라 하는 명목 아래 정신병원에 감금했지, 그렇지 않으면 당장에 사형이 아닙니까. 그런데 이제 그 편지를 보셔도 짐작하시겠지만 통상시에는 그 사람은 아주 명민하고 점잖고 온화한 청년입니다. 그러나, 때때로 그, 뭐랄까, 그 흥분 때문에 눈이 아득하여져서 무서운 죄를 범하고 그 죄를 범

인전 '인제'의 사투리.
시간(屍姦) 시체를 간음(姦淫)함.
별로(別-) 따로 별나게. 또는 따로 특별히.
탄원하다(歎願--/嘆願--) 사정을 하소연하여 도와주기를 간절히 바라다.
명목(名目) 구실이나 이유.
통상시(通常時) 평상시.

한 다음에는 훌륭한 예술을 하나씩 산출합니다. 이런 경우에 우리는 그 죄를 밉게 보아야 합니까, 혹은 그 범죄 때문에 생겨난 예술을 보아서 죄를 용서하여야 합니까?"

"그게야 죄를 범치 않고 예술을 만들어 냈으면 더 좋지 않습니까?"

"물론이지요. 그러나 이 성수 같은 사람도 있는 것이니깐 이런 경우엔 어떻게 해결하렵니까?"

"죄를 벌해야지요. 죄악이 성하는 것을 그냥 볼 수는 없습니다."

K씨는 머리를 끄덕였다.

"그렇겠습니다. 그러나 우리 예술가의 견지로는 또 이렇게 볼 수도 있습니다. 베토벤 이후로는 음악이라 하는 것이 차차 힘이 빠져 가서 꽃이나 계집이나 찬미할 줄 알고 연애나 칭송할 줄 알아서 선이 굵은 것은 볼 수가 없이 되었습니다. 게다가 엄정한 작곡법이 있어서 그것은 마치 수학의 방정식과 같이 작곡에 대한 온갖 자유스런 경지를 제한해 놓았으니깐 이후에 생겨나는 음악은 새로운 길을 개척하기 전에는 한 기술이 될 것이지 예술이 될 수는 없습니다.* 예술가에게는 이것이 쓸쓸해요. 힘 있는 예술, 선이 굵은 예술, 야성으로 충

성하다(盛--) 세력이 한창 일어나다.
✼ 한 기술이 될 것이지 예술이 될 수는 없습니다 방정식과 같은 원리를 기계적으로 적용하여 만들어 내는 것이지 새로움을 창조하는 예술이 될 수는 없습니다.

일된˙예술 — 우리는 이것을 기다린 지 오래되었습니다. 그럴 때에, 백성수가 나타났습니다. 사실 말이지 백성수의 그 새의 예술은 그 하나하나가 모두 우리의 문화를 영구히 빛낼 보물입니다. 우리의 문화의 기념탑입니다. 방화? 살인? 변변치 않은 집개, 변변치 않은 사람개는 그의 예술의 하나가 산출되는 데 희생하라면 결코 아깝지 않습니다. 천 년에 한 번, 만 년에 한 번 날지 못 날지 모르는 큰 천재를, 몇 개의 변변치 않은 범죄를 구실로 이 세상에서 없이 하여 버린다 하는 것은 더 큰 죄악이 아닐까요. 적어도 우리 예술가에게는 그렇게 생각됩니다."

K씨는 마주 앉은 노인에게서 편지를 받아서 서랍에 집어넣었다. 새빨간 저녁 해에 비치어서 그의 늙은 눈에는 눈물이 번득였다.

■ 「중외일보」(1930. 1) ; 『김동인 단편 전집 1』(가람기획, 2006)

충일되다(充溢--) 가득 채워져 넘치게 되다.

광염 소나타 **작품 해설**

등장인물 들여다보기

백성수

요절한 천재 음악가의 유복자로 태어나 예술적 재능을 타고났으나, 어릴 적 어머니의 도덕 교육으로 인해 그 재능이 발휘되지 못합니다. 그러던 어느 날 방화를 일으키고 난 뒤 놀랄 만한 즉흥 연주를 한 이래로 범죄를 저질러야만 자신의 예술적 재능을 발휘할 수 있게 된 천재적인 청년 예술가입니다. 평소에는 명민하고 온화한 청년이지만 작곡을 위해 범죄를 거듭 저지른 결과, 현재는 재판을 받고 정신병원에 수감되어 있습니다. 유복자로 태어난 뒤 가난 속에서도 음악에 대한 열정을 간직하고 있었으나, 병에 걸린 어머니의 병원비를 마련하기 위해 돈을 훔쳤다가 감옥에 가게 됩니다. 형기를 마치고 나와서는 자신이 감옥에 있는 동안 어머니가 불쌍하게 돌아가신 것을 알고는 복수를 위해 불을 지릅니다. 그러고는 예배당에 숨어들었다가 피아노를 보고는 즉흥적인 연주를 하면서 야성과 광포성을 띤 놀라운 곡을 만들어 냅니다. 마침 그때 예배당에 있던 아버지의 동창생인 K씨의 눈에 띄어 세상에 알려지고, 이후 여러 편의 주목할 만한 곡을 지었으나, 그 곡을 짓기 위해서 방화, 사체 모독, 시간(屍姦), 살인 등의 범죄를 저질러야 했습니다. 범죄로 이어진 광기 어린 행동이 위대한 예술을 낳았다면 그 죄를 용서할 수 있느냐는 문제를 제기하도록 만드는 장본인입니다.

K씨

백성수의 음악적 재능을 발견하여 세상에 소개하는 인물이자, 백성수의 이야기를 모씨에게 들려줌으로써 독자들에게까지 전해 주는 전달자입니다. 저명한 음악 비평가로서 백성수의 아버지와 동창이며, 아버지로부터 아들로 이어지는 음악적 천재성과 함께 그것이 일종의 광기에 바탕을 두고 있음을 알아차립니다. 우연히 백성수가 위대한 연주를 하는 것을 목격한 뒤, 그가 자신의 동창이자 술 때문에 요절한 음악 천재인 백○○의 아들임을 알아내고는 그를 세상에 소개하고 후견하는 역할을 맡습니다. 백성수가 정신 병원에 갇힌 뒤인 현재의 시점에서는 사회 교화자인 모씨에게 백성수의 이야기를 들려주면서, 비록 범죄를 저질렀으나 위대한 예술 작품을 창작했으므로 백성수의 죄는 용서받아야 한다고 백성수를 옹호합니다. 진정한 예술을 위해서라면 어떤 희생도 감수해야 한다는, 예술의 가치를 절대시하는 입장을 취하고 있는 것입니다.

모씨

사회 교화자라는 직업을 가지고 있으며, K씨로부터 백성수에 대한 이야기를 들어 주는 역할을 맡은 인물입니다. 직업에서 알 수 있듯이, 비록 예술 창조를 위해서라 하더라도 도덕이나 사회 규범을 어겨서는 안 되며, 예술에도 최소한의 도덕과 윤리가 있어야 한다는 입장을 취하고 있습니다. 그러나 작품 속에서 자신의 주장을 강하게 펼치고 있지는 않으며, K씨와 반대되는 입장을 단편적으로만 제시하고 있을 뿐입니다.

● 작품 Q&A

"선생님, 궁금해요!"

Q 이 작품의 서두에 "독자는 이제 내가 쓰려는 이야기를, 유럽의 어떤 곳에 생긴 일이라고 생각하여도 좋다. 혹은 사오십 년 뒤에 조선을 무대로 생겨날 이야기라고 생각하여도 좋다."라고 쓰고, 주인공에 대해 "백성수(白性洙)를 혹은 알벨트라 생각하여도 좋을 것이요 찜이라 생각하여도 좋을 것이요 또는 호모(胡某)나 기무라모(木村某)로 생각하여도 괜찮다."라고 쓰고 있는데, 그 의미는 무엇인가요?

A 이 작품이 구체적인 시간적, 공간적 배경에 크게 구애되지 않는다는 뜻이지요.

그러니까 공간적 배경이 유럽이라고 해도 좋고 조선이라고 해도 좋으며, 시간적 배경 역시 지금이라고 해도 좋고 사오십 년 뒤라고 해도 좋다는 것이에요. 또 그에 따라서 주인공도 한국인(당시로서는 조선인이겠지요?)인 백성수가 아니라 유럽 인(알벨트, 찜)이나 중국인(호모), 혹은 일본인(기무라모)으로 생각하여도 무방하다는 의미이지요.

그만큼 이 작품에서 앞으로 펼쳐질 이야기는 특정한 시기, 특정한 장소에만 국한되는 이야기가 아니라 시대나 장소를 달리하더라도 가능한 보편적인 이야기라는 것을 강조하고 있는 셈이에요.

Q 그렇다면 이 작품에서 시간적, 공간적 배경은 큰 의미가 없는 건가요?

A 작품에서 직접적으로 시간적, 공간적 배경이 달라도 무방하다고 밝히고 있다 하더라도 구체적인 배경이 아무 의미가 없지는 않아요. 가령 K씨가 백성수의 음악을 듣고 '베토벤 이래로 근대 음악가에서 보지 못하던 광포스러운 야성'이라고 하잖아요. 그러므로 이 작품의 시간적 배경은 아무리 빨라도 베토벤 이후(베토벤은 1770년에 태어나 1827년에 죽었어요.)의 시기가 되겠지요. 또한 백성수는 소학(초등학교)과 중학을 다니고 공장에 일하러 가며 담뱃가게에서 돈을 훔치다 잡혀서 경찰서에서 재판소를 거쳐 감옥에 가는 등, 조선 시대에는 볼 수 없었던 여러 제도들을 거치고 있어요. 이런 제도들은 근대 이후 사회에 자리잡게 되므로, 이 작품은 '근대'라는 시대를 배경으로 하고 있음이 틀림없지요. 우리나라에서 이러한 근대적 제도들은 19세기에는 볼 수 없었으니 이 작품의 시간적 배경은 20세기 이후의 일이 될 것입니다.

그런데 공간적 배경은 우리나라 사람 이름이 등장하기 때문에 조선(의 한 도시)이라 볼 수 있겠지만, 서두에 씌어 있듯이 일본인이나 서양인을 주인공 이름으로 삼으면 일본이나 서양이라도 해도 무방할 만큼 우리나라라고 특정하기가 어려워요. 공간과 관련된 어떠한 장소들에서도 우리나라만 가지고 있는 특징이 드러나지도 않아요. 그 당시 우리나라에 '사회 교화자'라는 직업이 있었는지도 의문이고요. 다분히 서양의 어느 도시를 배경으로 삼고 있는 것 같은 느낌도 들지요.

Q 이 작품은 K씨가 백성수라는 음악가에 대한 이야기를 들려주는 형식으로 되어 있는데요, 왜 이런 형식을 취하였는지, K씨의 이야기를 들어 주는 모씨는 어떤 역할을 하는지 궁금해요.

A 액자 소설은 작품 속 이야기에 또 하나의 이야기가 들어 있는 형식을 말합니다. 이 작품이 바로 그런 액자 소설인데요, 외부 이야기는 K씨가 모씨를 만나 대화를 나누는 부분이고, 내부 이야기는 K씨가 모씨에게 들려주는 '백성수 이야기'로, 이 작품의 주된 내용이지요.

그런데 왜 이런 액자 소설 형식을 취할까요? 그 이유는 내부 이야기 자체만으로는 '그럴 듯한 이야기'라는 개연성을 독자들에게 전달하기가 쉽지 않기 때문이에요. 백성수가 온갖 범죄를 저지르면서 좋은 음악을 만들어 냈다는 것이 내부 이야기의 주요 내용인데, 이는 사실 보통 사람들로서는 받아들이기가 쉽지 않은, 상식을 벗어난 내용이지요. 이런 괴상하고 특이한 이야기는, 제삼자를 등장시키고 그의 입을 빌려서 간접적으로 전달하는 것이 믿을 만한 이야기라는 느낌을 한층 높여 준답니다. 가령 백성수가 직접 서술자가 되어 이야기를 전개해 나갔다면 사람들이 웬 미치광이가 하는 이야기로 받아들이기 쉬운데, 저명한 음악 비평가 K씨가 사회 교화자(이런 직업을 가진 사람이라면 사람들이 또 왠지 믿을 만하다고 여기지요.)인 모씨와 대화를 하면서 이야기를 전해 주면, 그 이야기가 훨씬 더 믿을 만하다고 느끼게 되겠지요.

또 K씨가 백성수 이야기를 독자들에게 직접 전해 주지 않고 모씨와 대화를 나누는 형식을 취한 것은, 백성수 이야기가 사실 '논쟁적'인 성격을 지니고 있기 때문이에요. 백성수 이야기는 곧 '백성수가 무서운 범죄를 저지른 다음에 훌륭한 예술을 하나씩 창조하였다'는 것이지요. 이에 대해 K씨는 작품의 마지막에서 이렇게 물어요. "이런 경우에 우리는 그 죄를 밉게 보아야 합니까, 혹은 그 범죄 때문에 생겨난 예술을 보아서 죄를 용서하여야 합니까?"라고 말이지요. 또 이에 대해 K씨는 후자 쪽을 택해요. "천 년에 한 번, 만 년에 한 번 날지 못 날지 모르는 큰 천재를, 몇 개의 변변치 않은 범죄를 구실로 이 세상에서 없이 하여 버린다 하는 것은 더 큰 죄악"이라고 말이지요.

이 문제는 어느 한쪽의 주장만으로 결론을 내리기 어렵기 때문에 '논쟁을 해 볼 만한 주제'라 할 수 있어요. 그런데 만약 K씨의 주장만 내세우면, 이와 같은 논쟁적인 주제에 대해 어느 한쪽으로만 치우쳤다는 평가를 받기 쉬울 거예요. 그래서 작가는 K씨와는 반대되는 견해를 가진 모씨(사회 교화자라는 직책을 가진 사람이므로 당연히 도덕을 더 우선시하는 견해를 가지고 있겠지요.)를 내세워 균형을 맞추려 한 것입니다. 그런데 작품 속에서 모씨는 K씨에 비해 비중이 너무 작아요. K씨의 물음에 대해 "죄를 벌해야지요. 죄악이 성하는 것을 그냥 볼 수는 없습니다."라고 짤막하게 대답하고 말 뿐, K씨처럼 열심히 자기주장을 펼치지는 않아요. 그래서 이 작품은 결과적으로는 K씨의 주장을 더 강조하고 있는 셈이 됩니다. 작가가 이 작품을 통해 말하고자 하는 것도 결국 K씨의 주장에 가깝지요. 반대 견해가 충실하게 펼쳐지지 않아서, 조금 더 깊이 있는 논쟁을 거쳐 결론에 도달하였다면 하는 아쉬움이 남는 것도 이 때문이지요.

Q 그런데 작품의 중간 부분에서 K씨는 이야기를 이끌어 가다 말고 백성수가 자신에게 쓴 편지를 읽게 하잖아요. 왜 그런 건가요?

A 이 작품의 주인공은 백성수입니다. 그런데 백성수는 직접 등장하지 않고 K씨를 통해서만 그에 관한 이야기가 전달되고 있지요. 그러니까 이 작품의 내부 이야기(K씨가 직접 모씨에게 백성수의 이야기를 하는 부분)의 시점은 1인칭 관찰자 시점이라 할 수 있어요. (참고로 외부 이야기, 곧 K씨와 모씨가 대화를 나누는 부분은 3인칭 관찰자 시점이지요.) 1인칭 관찰자 시점은 작품 속에 직접 등장하는 '나'가, 관찰자의 입장에서 주인공에 대한 이야기를 전해 주는 거예요. 그러니까 '나'(이 작품의 내부 이야기에서는 K씨)는 직접 관찰할 수 있는 주인공(이 작품에서는 백성수)의 행위에 대해서만 진술할 수 있을 뿐이고, '나'의 눈에서 벗어난 주인공이 어떤 행동을 하는지, 어떤 의도와 생각을 갖고 있는지를 직접 알려 줄 수는 없어요. 관찰자인 '나'가 타자(他者 : 자기 외의 다른 사람)인 주인공의 마음속에 들어갈 수가 없기 때문이지요. 따라서 K씨가 백성수의 이야기를 하면서도, 백성수가 어떻게 자랐는지 그리고 어떤 과정을 거쳐서 위대한 음악을 창조했는지를, 백성수가 직접 이야기하는 것처럼은 이야기할 수가 없는 거예요. K씨가 그런 것들을 직접 목격한 것이 아니니까요. 그래서 백성수의 성장 과정에 대해서는 백성수가 K씨에게 이야기해 준 것을 다시 K씨가 모씨에게 요약해 주는 형식으로 전달하고 있어요. 그리고 K씨와 만난 뒤 백성수가 어떤 범죄를 저지르고 음악을 창조했는지는 백성수가 K씨에게 보낸 편지를 통해서 전달하는 형식을 취하고 있는 거랍니다.

Q "백성수는 그만치 천분이 많은 음악가였는데 왜 그 '광염 소나타'를 짓기 전에는 그만치 흥분되고 긴장되었다가도 일단 음보로 만들어 놓으면 아주 힘없는 것이 되어 버리고 했겠습니까?"라는 의문에 대한 K씨의 답은 무엇인가요?

A 이 질문은 K씨가 모씨에게 백성수가 성장한 과정을 이야기해 준 다음에 나와요. 백성수는 유복자로 태어나 어릴 때부터 음악적인 천분도 있었고 학교나 공장을 다니면서도 음악에 대한 동경을 계속 지녀 왔어요. 그런데 때때로 비상한 감흥으로 오선지를 내놓고 음보를 그려 보곤 하였으나 '그만치 뛰놀던 열정과 터질 듯한 감격도 음보로 그려 놓으면 아무 긴장도 없는 싱거운 음계가 되어 버리고 하였'다고 해요. 그러고는 K씨가 모씨에게 그 이유를 묻는 것이 바로 이 질문이지요.

이에 대한 답은 K씨가 모씨에게 백성수의 편지를 처음 읽게 한 직후에 제시되고 있어요. 백성수가 자라는 동안 백성수의 어머니는 그를 어질게 교육시켜 착한 사람이 되도록 길렀고, 그 교육 때문에 백성수의 타고난 광포성과 야성이 표면상에 나타나지를 않았다는 것입니다. 즉, 어머니에 의해 이루어진 인성 교육, 도덕 교육이 백성수의 예술적 천분이 발휘되지 못하도록 막았기 때문에, '광염 소나타' 이전에는 백성수가 아무리 작곡을 하려 하여도 힘없는 음악이 되고 말았던 거지요. 그러다가 어느 기회(백성수가 복수하려는 마음으로 처음 방화를 일으키던 날 밤)에 그동안 어머니의 교육으로 인해 가로막혀 있던 야성과 광포성이 다시 살아났고, 그에 힘입어 처음으로 힘 있는 음악 '광염 소나타'가 탄생되었다는 것입니다.

Q K씨의 이야기에 따르면 백성수는 자신의 예술을 위해 온갖 범죄를 저지른 셈인데, 이런 범죄가 정당화될 수 있는 건가요?

A 백성수는 방화에 시간(屍姦)과 살인까지 온갖 범죄를 다 저지르지요. 이런 범죄는 결국 다른 사람들을 희생시키는 것이므로 결코 정당화될 수 없어요. 이 작품에서도 백성수의 범죄 자체가 정당화될 수 있다고 이야기하는 것도 아니고요. 다만 백성수와 같이 범죄가 뛰어난 예술을 창조하는 원인이 된 경우, 그 예술을 보아서 죄를 용서할 수 없느냐는 것이 K씨가 제기하는 물음이에요. 백성수의 죄를 용서하는 것은 결국 그가 저지른 범죄를 정당화하는 것과 마찬가지 아니냐구요? 물론 그럴 수도 있어요. 가령 똑같은 범죄를 저질렀는데, 한 사람은 좋은 예술을 창조했다고 해서 용서하고, 다른 사람은 그렇지 않았다고 해서 용서하지 않는다면, 불평등하게 법을 적용한 결과가 되니까요. 따라서 예술을 위해 저지르는 범죄는 어떠한 이유에서도 정당화될 수는 없답니다.

하지만 그렇다고 해서 이 작품에서 말하고자 하는 주제가 의미 없는 것은 아니에요. 예술에서는 창조성이 중요하다고 하지요. 이미 누군가가 먼저 창조해 놓은 것을 유사하게 되풀이하는 것은 예술에서는 별 의미가 없어요. 창조성이라는 것은 기존에 있지 않은 새로운 것을 만들어 내는 것인데, 그에 반해 법이나 도덕과 같은 사회 관습은 이미 이루어져 있는 사회 질서를 유지하는 기능을 하지요. 그래서 이미 이루어져 있는 것을 옹호하는 사회 관습과 뭔가 새롭게 창조해 내야 하는 예술은 대립하는 면이 없지 않답니다. 그리고 기존의 예술 작품뿐 아니라 기존의 사회 질서나 윤리에 얽매이지 않고 그것이 지닌 문제점들을 넘어설 때에 예술의 창조성이 발휘되곤 하지요.

물론 이 작품에서 예술을 중시하는 태도는 이보다 조금 더 나아가 있어요. 이 작품에는 위대한 예술 작품을 탄생시키기 위해서라면 어떤 희생도 감수해야 한다는, 예술의 가치를 절대시하는 입장이 드러나고 있는데, 이를 흔히 '예술 지상주의'라고 부른답니다. 예술이 인간의 일 중에서 최고의 가치를 지니므로 예술은 다른 무엇을 위해 존재하는 것이 아니라 그 자체를 위해 존재한다는 생각이지요. 작가 김동인은 이러한 예술 지상주의적 생각에 많이 기울어져 있었어요.

❋ 더 읽어 봅시다 ❋

예술가의 광기와 천재성 뒤에 숨은 범죄성을 다룬, 작가의 또 다른 작품
김동인, 〈광화사〉 _추한 몰골로 태어난 천재적 화가 솔거가 자신이 추구하는 절대미를 구현하기 위해 눈먼 소녀를 희생시킨다는 내용이다.

예술가와 세계와의 갈등, 불화를 다룬 작품
황석영, 〈가객〉 _외적인 아름다움만이 아니라 내적인 진정성을 갖추어야 진정한 예술이 된다는 주제의 예술가 소설이다.

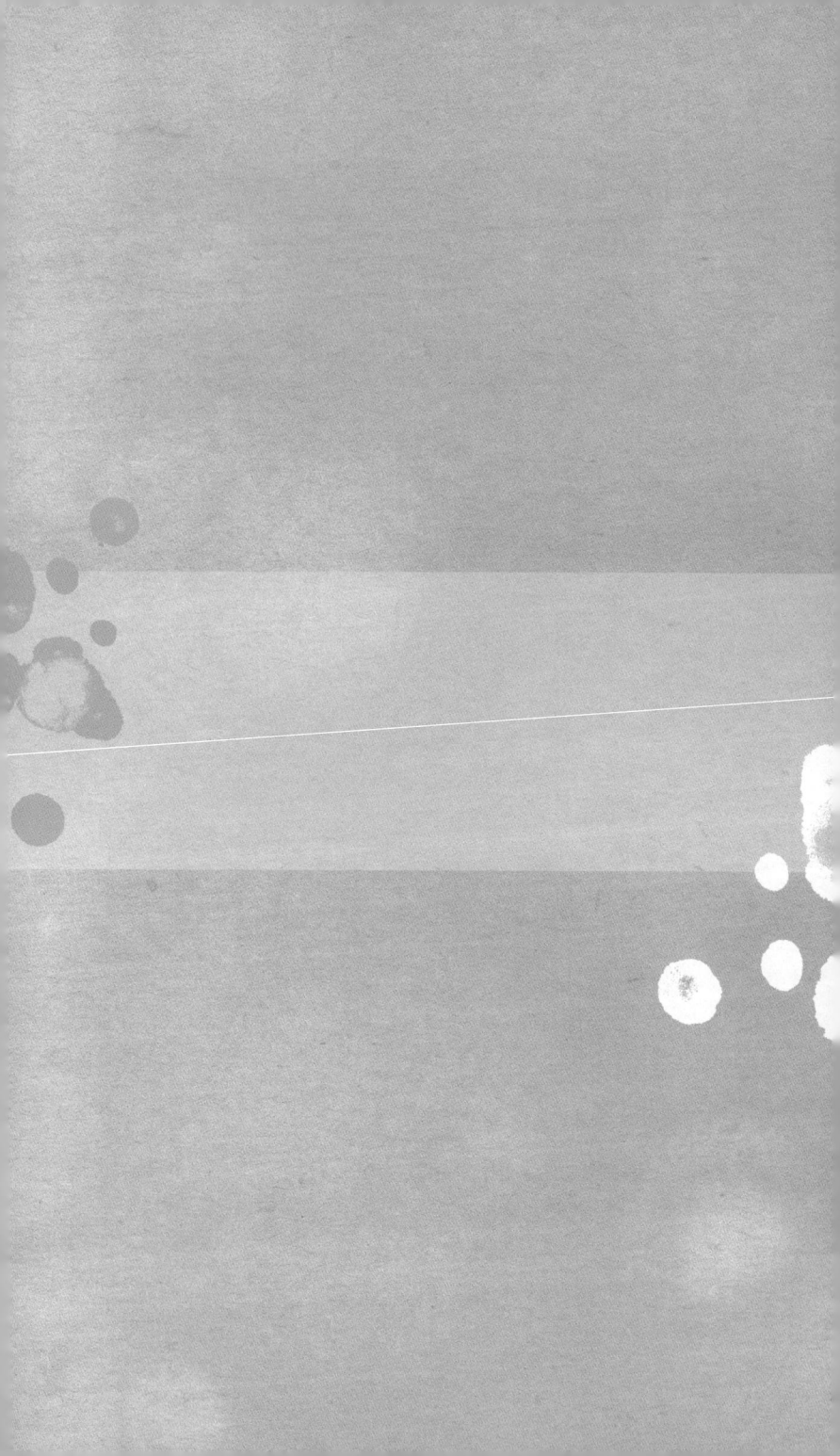

붉은 산
— 어떤 의사의 수기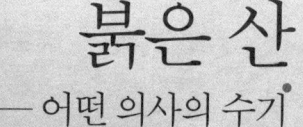

    일제 강점하에서 일부 우리 민족은 일제의 수탈을 견디지 못해 만주로 이주를 하기도 했어요. 만주로 옮겨 간 우리 민족은 중국인들의 땅을 빌려서 농사를 지어 먹고살아야 했지요. 그중 한 마을에 '삵'이라 불리는 사람이 있었어요. 농사도 짓지 않고 남들에게 빌붙어 살면서 다른 사람들에게 해코지도 많이 하는 존재였지요. 과연 그에게도 고국과 민족을 사랑하는 마음이 있었을까요?

수기(手記) 자기의 생활이나 체험을 직접 쓴 기록.

　그것은 여(余)가 만주를 여행할 때 일이었다. 만주의 풍속도 좀 살필 겸 아직껏 문명의 세례를 받지 못한 그들의 사이에 퍼져 있는 병(病)을 좀 조사할 겸해서 일 년의 기한을 예산하여 가지고 만주를 시시골골이 다 돌아온 적이 있었다. 그때에 ××촌이라 하는 조그만 촌에서 본 일을 여기에 적고자 한다.

　××촌은 조선 사람 소작인만 사는 한 이십여 호 되는 작은 촌이었다. 사면을 둘러보아도 한 개의 산도 볼 수가 없는 광막

여(余) '나'를 문어적으로 이르는 말.
✤ 문명의 세례를 받지 못한 문명의 혜택을 입지 못한. 일반적으로 '세례'는 기독교 용어로서 '입교하는 사람에게 모든 죄악을 씻는 표시로 베푸는 의식'을 뜻하지만, '어떤 사건이나 현상으로 받는 영향이나 단련 또는 타격'을 뜻하는 일반 명사로도 사용된다.
시시골골이 문맥상 '시시콜콜히'를 부드럽게 표현한 것일 수도 있고, '골골이'가 '고을고을마다'라는 뜻이므로 그 앞에 '시시하다'의 '시시'를 붙여서 '작은 고을마다 일일이'라는 뜻으로 썼을 수도 있다.
소작인(小作人) 다른 사람의 농지를 빌려 농사를 짓고 그 대가로 사용료를 지급하는 사람.
호(戶) 집을 세는 단위.

한 만주의 벌판 가운데 놓여 있는 이름도 없는 작은 촌이었다.

몽고 사람 종자(從者)를 하나 데리고 노새를 타고 만주의 촌촌을 돌아다니던 여가 그 ××촌에 이른 때는 가을도 다 가고 어느덧 광포한 북국의 겨울이 만주를 찾아온 때였다.

만주의 어느 곳이라 조선 사람이 없는 곳은 없지만 이러한 오지(奧地)에서 한 동리가 죄 조선 사람뿐으로 되어 있는 곳을 만나니 반가웠다. 더구나 그 동리는 비록 모두가 중국인의 소작인이라 하나 사람들이 비교적 온량하고 정직하며 장성한 이들은 그래도 모두 천자문 한 권쯤은 읽은 사람들이었다. 살풍경한 만주 — 그 가운데서 살풍경한 살림을 하는 중국인이며 조선 사람의 동리를 근 일 년이나 돌아다니다가 비교적 평화스런 이런 동리를 만나면, 그것이 비록 외국인의 동리라 하여도 반갑겠거든 하물며 우리 같은 동족의 동리임에랴. 여는 그 동리에서 한 십여 일 이상을 일없이 매일 호별(戶別) 방문을 하며 그들과 이야기로 날을 보내며 오래간만에 맛보는 평화적 기분을 향락하고 있었다.

광막하다(廣漠--) 아득하게 넓다.
종자(從者) 남에게 종속되어 따라다니는 사람.
광포하다(狂暴--) 미쳐 날뛰듯이 매우 거칠고 사납다.
오지(奧地) 해안이나 도시에서 멀리 떨어진 대륙 내부의 땅.
죄 죄다. 남김없이 모조리.
온량하다(溫良--) 성품이 온화하고 무던하다.
살풍경하다(殺風景--) 1. 풍경이 보잘것없이 메마르고 스산하다. 2. 매몰차고 흥취가 없다.
호별(戶別) 집집마다.

'삵'이라는 별명을 가지고 있는 정익호라는 인물을 본 곳이 여기서이다.

익호라는 인물의 고향이 어디인지는 ××촌의 아무도 아는 사람이 없었다. 사투리로 보아서 경기 사투리인 듯하지만 빠른 말로 죄죄거리는* 때에는 영남 사투리가 보일 때도 있고, 싸움이라도 할 때에는 서북 사투리가 보일 때도 있었다. 그런지라 사투리로써 그의 고향을 짐작할 수가 없었다. 쉬운 일본말도 알고, 한문 글자도 좀 알고, 중국말은 물론 꽤 하고, 쉬운 러시아 말도 할 줄 아는 점 등등 이곳저곳 숱하게 주워먹은 것은 짐작이 가지만 그의 경력을 똑똑히 아는 사람은 없었다.

그는 여가 ××촌에 가기 일 년 전쯤 빈손으로 이웃이라도 오듯 후덕덕* ××촌에 나타났다 한다. 생김생김으로 보아서 얼굴이 쥐와 같고 날카로운 이빨이 있으며 눈에는 교활함과 독한 기운이 늘 나타나 있으며 바룩한* 코에는 코털이 밖으로까지 보이도록 길게 났고, 몸집은 작으나 민첩하게 되었고 나이는 스물다섯에서 사십까지 임의로 볼 수가 있으며 그 몸이나 얼굴 생김이 어디로 보든 남에게 미움을 사고 근접치 못할 놈이라는 느낌을 갖게 한다.

죄죄거리다 빠르게 자꾸 지껄이다.
후덕덕 일을 급하게 서둘러 아주 빨리 해치우는 모양. 갑자기.
바룩하다 귀, 코, 그릇 따위의 전이 밖으로 바라져 있다.
 전 물건의 위쪽 가장자리가 조금 넓적하게 된 부분.

그의 장기는 투전이 일쑤며 싸움 잘하고 트집 잘 잡고 칼부림 잘하고 색시에게 덤비어들기 잘하는 것이라 한다.

 생김생김이 벌써 남에게 미움을 사게 되었고 게다가 하는 행동조차 변변치 못한 일만이라, ××촌에서도 아무도 그를 대척하는 사람이 없었다. 사람들은 모두 그를 피하였다. 집이 없는 그였으나 뉘 집에 잠이라도 자러 가면 그 집 주인은 두말 없이 다른 방으로 피하고 이부자리를 준비하여 주고 하였다. 그러면 그는 이튿날 해가 낮이 되도록 실컷 잔 뒤에 마치 제 집에서 일어나듯 느직이 일어나서 조반을 청하여 먹고는 한마디의 사례도 없이 나가 버린다.

 그리고 만약 누구든 그의 이 청구에 응하지 않으면 그는 그것을 트집으로 싸움을 시작하고 싸움을 하면 반드시 칼부림을 하였다.

 동리의 처녀들이며 젊은 색시들은 익호가 이 동리에 들어온 뒤로부터는 마음 놓고 나다니지를 못하였다. 철없이 나갔다가 봉변을 당한 사람도 몇이 있었다.

 '삵.'

투전(鬪牋) 노름 도구의 하나. 또는 그것으로 하는 노름. 두꺼운 종이로 손가락 너비만 하고 다섯 치쯤 되게 만들어 인물, 새, 짐승, 물고기 등을 그려 끗수를 나타내서 기름에 결어 만든다.
대척하다 마주 응하거나 맞서다.
조반(朝飯) 아침밥.
청구(請求) 남에게 돈이나 물건 따위를 달라고 요구함.

이 별명은 누가 지었는지 모르지만 어느덧 ××촌에서는 익호를 익호라 부르지 않고 삵이라고 부르게 되었다.
 "삵이 뉘 집에서 묵었나?"
 "김 서방네 집에서."
 "다른 봉변은 없었다나?"
 "요행히 없었다데."
 그들은 아침에 깨면 서로 인사 대신으로 삵의 거취를 알아보고 하였다.
 '삵'은 이 동리에는 커다란 암종이었다. 삵 때문에 아무리 농사에 사람이 부족한 때라도 젊고 든든한 몇 사람은 동리의 젊은 부녀를 지키기 위하여 동리 안에 머물러 있지 않을 수가 없었다. '삵' 때문에 부녀와 아이들은 아무리 더운 여름 저녁이라도 길에 나서서 마음 놓고 바람을 쏘여 보지를 못하였다. '삵' 때문에 동리에서는 닭의 가리며 도야지 우리를 지키기 위하여 밤을 새우지 않을 수가 없었다.
 동리의 노인이며 젊은이들은 몇 번을 모여서 삵을 이 동리에서 내어쫓기를 의논하였다. 물론 합의는 되었다. 그러나 내어쫓는 데 선착수할 사람이 없었다.

요행히(僥倖-/徼幸-) 뜻밖으로 운수가 좋게.
거취(去就) 사람이 어디로 가거나 다니거나 하는 움직임.
암종(癌腫) 표피, 점막, 샘 조직 따위의 상피 조직에서 생기는 악성 종양.
가리 '어리'의 사투리. 나뭇가지나 싸리를 엮어 둥글게 만든 물건으로 병아리 따위를 가두어 기름.
선착수하다(先着手--) 남보다 먼저 손을 대다.

"첨지가 선착수하면 뒤는 내 담당하마."

"뒤는 걱정 말고 형님 먼저 말해 보시오."

제각기 삵에게 먼저 달겨들기를 피하였다.

이리하여 동리에서는 합의는 되었으나 삵은 그냥 태연히 이 동리에 묵어 있게 되었다.

"며늘년들이 조반이나 지었나?"

"손주놈들이 잠자리나 준비했나?"

마치 그 동리의 모두가 자기의 집안인 것같이 삵은 마음대로 이 집 저 집을 드나들었다.

××촌에서는 사람이라도 죽으면 반드시 조상 대신으로,

"삵이나 죽지 않고."

하는 한마디의 말을 잊지 않고 하였다.

누가 병이라도 나면,

"에익 이놈의 병 삵한테로 가거라."

고 하였다.

암종 — 누구든 삵을 동정하거나 사랑하는 사람이 없었다.

삵도 남의 동정이나 사랑은 벌써 단념한 사람이었다. 누가 자기에게 아무런 대접을 하든 탓하지 않았다. 보이는 데서 보이

첨지(僉知) 나이 많은 남자를 낮잡아 이르는 말.
조상(弔喪) 남의 죽음에 대하여 슬퍼하는 뜻을 드러내어 위문함.

는 푸대접을 하면 그 트집으로 반드시 칼부림까지 하는 그였었지만 뒤에서 아무런 말을 할지라도, 그리고 그것이 삵의 귀에까지 갈지라도 탄하지 않았다.

"흥······."

이 한마디는 그의 가장 커다란 처세 철학이었다.

흔히 곁동리 중국인들의 투전판에 가서 투전을 하였다. 때때로 두들겨 맞고 피투성이가 되어 돌아오는 일도 있었다. 그러나 그 하소연을 하는 일이 없었다. 한다 할지라도 들을 사람도 없거니와 아무리 무섭게 두들겨 맞은 뒤라도 하루만 샘물에 상처를 씻고 절룩절룩한 뒤에는 또 그 이튿날은 천연히 나다녔다.

여가 ××촌을 떠나기 전날이었다.

송 첨지라는 노인이 그해 소출을 나귀에 실어 가지고 중국인 지주가 있는 촌으로 갔다. 그러나 돌아올 때는 그는 송장이 되었다. 소출이 좋지 못하다고 두들겨 맞아서 부러져 꺾어진 송 첨지는 나귀 등에 몸이 결박되어서 겨우 ××촌으로 돌아왔다. 그리고 놀란 친척들이 나귀에서 몸을 내릴 때에 절명되었다.

탄하다 말을 탓하여 나무라다.
처세 철학(處世哲學) 다른 사람들과 어울려 살아가는 데 있어 중요하다고 생각하는 신조나 태도.
곁동리 옆 동네.
천연히(天然-) 시치미를 뚝 떼어 겉으로는 아무렇지 아니한 듯이.
소출(所出) 논밭에서 나는 곡식. 또는 그 곡식의 양.
결박되다(結縛--) 몸이나 손 따위가 움직이지 못하도록 끈으로 묶이다.
절명되다(絶命--) 목숨이 끊어지다.

××촌에서는 왁작하였다.

"원수를 갚자!"

명 아닌 목숨을 끊은* 송 첨지를 위하여 동리의 젊은이며 늙은이는 모두 흥분되었다. 제각기 이제라도 들고 일어설 듯하였다.

그러나 그뿐이었다. 누구든 앞장을 서려는 사람이 없었다. 만약 이때에 누구든 앞장을 서는 사람만 있었다면 그들은 곧 그 지주에게로 달려갔을지 모른다. 그러나 제가 앞장을 서겠노라고 나서는 사람은 없었다. 제각기 곁사람을 돌아보았다.

발을 굴렀다. 부르짖었다. 학대받는 인종의 고통을 호소하며 울었다. 그러나, 그뿐이었다. 남의 일로 지주에게 반항하여 제 밥자리까지 떼이기를 꺼림인지 어쩐지는 여로는 모를 바로되 용감히 앞서서 나가는 사람은 없었다.

의사라는 여의 직업상 송 첨지의 시체를 검분을 한 뒤에 돌아오는 길에 여는 삵을 만났다.

키가 작은 삵을 여는 내려다보았다. 삵은 여를 쳐다보았다.

'가련한 인생아. 인종의 거머리야. 가치 없는 생명아. 밥버러지야. 기생충아.'

왁작하다 여럿이 매우 어수선하게 떠들다.
✤ 명 아닌 목숨을 끊은 '명(命)'도 '목숨'이란 뜻이지만 여기에서는 '자기한테 주어진 목숨'을 의미한다. 곧 '자기한테 주어진 목숨을 다 살지 못한 채 죽임을 당한'이란 뜻이다.
곁사람 옆에 있는 사람.
밥자리 '일자리'를 낮잡아 이르는 말. 여기에서는 '농사지을 땅'을 의미함.
검분(檢分) 참관하여 검사함.

여는 삶에게 말하였다.

"송 첨지가 죽은 줄 아우?"

여의 말에 아직껏 여를 쳐다보고 있던 삵의 눈이 아래로 떨어졌다. 그리고 여가 발을 떼려는 순간 얼핏 삵의 얼굴에 나타난 비창한˚ 표정을 여는 넘길 수가 없었다.

고향을 떠난 만 리 밖에서 학대받는 인종의 가엾음을 생각하고 그 밤은 여도 잠을 못 이루었다.

그 억분함˚을 호소할 곳도 못 가진 우리의 처지를 생각하고 여도 눈물을 금치를 못하였다.

이튿날 아침이었다.

여를 깨우러 달려오는 사람의 소리에 여는 반사적으로 일어났다.

삵이 동구 밖에서 피투성이가 되어 죽어 있다는 것이었다.

여는 삵이라는 말에 눈살을 찌푸렸다.˚ 그러나 의사라는 직업상 곧 가방을 수습하여 가지고 삵이 넘어진 데까지 달려갔다. 송 첨지의 장례 때문에 모였던 사람 몇은 여의 뒤로 따라왔다.

비창하다(悲愴--) 마음이 몹시 상하고 슬프다.
억분하다(抑憤--) 억울하고 분하다.
✤ 여는 삵이라는 말에 눈살을 찌푸렸다 삵이 암종 같은 존재이다 보니 삵이 피투성이가 되어 죽어 있다는 말을 듣고는, 삵이 무슨 나쁜 일을 저지르고 죽었을 것이라고 짐작하여 눈살을 찌푸린 것이다.

여는 보았다. 삵이 허리가 기역자로 뒤로 부러져서 밭고랑 위에 넘어져 있는 것을. 여는 달려가 보았다. 아직 약간의 온기는 있었다.

"익호! 익호!"

그러나 그는 정신을 못 차렸다. 여는 응급수단을 하였다. 그의 사지는 무섭게 경련되었다.

이윽고 그가 눈을 번쩍 떴다.

"익호! 정신 드나?"

그는 여의 얼굴을 보았다. 끝이 없이 한참을 쳐다보았다.

그의 동자가 움직였다. 겨우 의의(意義)를 깨달은 모양이었다.

"선생님, 저는 갔었습니다."

"어디를?"

"그놈…… 지주놈의 집에."

무얼? 여는 눈물 나오려는 눈을 힘 있게 닫았다. 그리고 덥석 그의 벌써 식어 가는 손을 잡았다. 잠시의 침묵이 계속되었다. 그의 사지에서는 무서운 경련이 끊임없이 일었다. 그것은 죽음의 경련이었다.

듣기 힘든 작은 그의 소리가 또 그의 입에서 나왔다.

사지(四肢) 사람의 두 팔과 두 다리를 통틀어 이르는 말.
동자(瞳子) 눈동자.
의의(意義) 어떤 사실이나 행위 따위가 갖는 중요성이나 가치. 여기에서는 '자신이 처해 있는 상태와 그 의미'를 뜻함.

"선생님."

"왜?"

"보구 싶어요. 전 보구 시……."

"뭐이?"

그는 입을 움직이었다. 그러나 말이 안 나왔다. 기운이 부족한 모양이었다. 잠시 뒤 그는 또다시 입을 움직이었다. 무슨 소리가 그의 입에서 나왔다.

"무얼?"

"보구 싶어요. 붉은 산이…… 그리구 흰옷이!"

아아 죽음에 임하여 그는 고국과 동포가 생각난 것이었다. 여는 힘 있게 감았던 눈을 고즈넉이 떴다. 그때에 삵의 눈도 번쩍 띄었다. 그는 손을 들려 하였다. 그러나 이미 부러진 그의 손은 들리지 않았다. 그는 머리를 돌이키려 하였다. 그러나 그 힘이 없었다.

그의 마지막 힘을 혀끝에 모아 가지고 그는 다시 입을 열었다.

"선생님!"

"왜?"

"저것…… 저것……."

"무얼?"

"저기 붉은 산이, 그리고 흰옷이……. 선생님 저게 뭐예요."

고즈넉이 1. 고요하고 아늑한 상태로. 2. 말없이 다소곳하거나 잠잠하게.

여는 돌아보았다. 그러나 거기는 황막한 만주의 벌판이 전개되어 있을 뿐이다.

"선생님, 창가 불러 주세요. 마지막 소원…… 창가를 해 주세요. 동해물과 백두산이 마르고 닳도록……."

여는 머리를 끄덕이고 눈을 감았다. 그리고 입을 열었다. 여의 입에서는 창가가 흘러나왔다.

여는 고즈넉이 불렀다.

"동해물과 ××××."

고즈넉이 부르는 여의 창가 소리에 뒤에 둘러섰던 다른 사람의 입에서도 숭엄한 코러스는 울리어 나왔다.

"무궁화 삼천리 화려 강산……."

광막한 겨울의 만주벌 한편 구석에서는 밥버러지 익호의 죽음을 조상하는 숭엄한 노래가 차차 크게 엄숙하게 울리었다. 그 가운데서 익호의 몸은 점점 식었다.

■ 「삼천리」(1932. 4) ; 『김동인 단편 전집 2』(가람기획, 2006)

황막하다(荒漠--) 1. 거칠고 아득하게 넓다. 2. 거칠고 을씨년스럽다.
창가(唱歌) 갑오개혁 이후에 발생한 근대 음악 형식의 하나로, 서양 악곡의 형식을 빌려 지은 간단한 노래. 여기에서는 '애국가'를 뜻함.
숭엄하다(崇嚴--) 높고 고상하며 범할 수 없을 정도로 엄숙하다.
코러스(chorus) 합창.

붉은 산 **작품 해설**

●등장인물 들여다보기

삵(정익호)
주인공으로서 평소 마을 사람들을 괴롭히며 그들에게 기생해 살아가는 건달 같은 존재이지만, 송 첨지가 중국인 지주에게 죽임을 당하자 홀로 중국인 지주를 찾아가 항변하다가 결국 목숨을 잃는 의협심 있는 인물입니다.

이 작품의 공간적 배경인 만주의 ××촌에 일 년여 전에 흘러들어 왔으며, 그의 고향이 어디인지 그의 경력을 똑똑히 아는 사람은 아무도 없습니다. 또한 몸이나 얼굴 생김이 남에게 미움을 사고 가까이 접근하지 못할 사람이라는 느낌을 갖게 합니다. '싸움 잘하고 트집 잘 잡고 칼부림 잘하고 색시에게 덤비어들기 잘하'여 마을 사람들이 모두 회피하는 대상이기도 합니다. 마을 사람들에게 본명인 정익호가 아닌 별명인 '삵'으로 불리며, '여' 역시 그를 '밥버러지, 기생충'으로 여깁니다.

그러던 어느 날 마을의 송 첨지가 소출이 부족하다는 이유로 중국인 지주에게 죽임을 당하는 사건이 벌어집니다. 그러나 마을 사람들은 분개만 할 뿐 누구 하나 앞장서서 항의를 하지 못합니다. 그러자 삵은 홀로 중국인 지주를 찾아가 송 첨지를 죽인 분풀이를 하다가 피투성이가 되어 돌아와 결국 죽음을 맞게 됩니다. 죽음을 앞두고 '여'의 품에 안겨 '붉은 산과 흰옷'이 보고 싶다고 하며, 마음

깊숙한 곳에 고국과 민족을 사랑하는 마음을 간직하고 있었음을 드러냅니다.

> **여(余)**
> 의사로서 만주 곳곳을 여행하며 풍속과 질병에 대해 조사하던 중 어느 마을(××촌)에서 만난 '삵'이라는 인물의 삶과 죽음에 대한 이야기를 들려주는 서술자입니다. 마을 사람들이 겪는 일을 지켜볼 뿐 특별히 개입하지는 않으나, '삵'이 마지막으로 자신의 행적을 밝히며 의지하고자 하는 상대가 되는 등, 객지에서 어렵게 살아가는 마을 사람들에게 의지처가 되어 주고 있습니다.

● 작품 Q&A

"선생님, 궁금해요!"

Q 이 작품의 시간적 배경은 어떻게 되나요? 그리고 주요 인물들이 우리나라 사람들인데도 우리나라가 아닌 '만주'를 공간적 배경으로 삼은 것은 무슨 이유에서인가요?

A 이 작품에서 시간적 배경에 대한 단서는 첫 문장 말고는 별로

주어져 있지 않아요. '그것은 여(余)가 만주를 여행할 때의 일'이라는 것이 유일한데, 이 작품은 1932년에 발표되었으니 아마도 이 작품의 시간적 배경은 그 몇 년 전이 될 거예요. 작품 내용을 보면 만주에 조선인들이 이주해서 살고 있는데, 조선 후기에도 일부 우리 민족들이 만주에 가 살기는 했지만 작품 내에 등장하는 조선인들이 애국가를 부르는 등 고국을 그리워하는 것을 보면, 이 작품은 아마도 만주로의 이민이 대거 이루어졌던 일제 강점기를 시간적 배경으로 하고 있다고 추정할 수 있지요.

공간적 배경은 '만주의 어느 마을'인 것이 분명하게 제시되어 있어요. 만주에서도 조선인 소작인들만 이십여 호 사는 이름도 없는 작은 마을이에요. 거의 모든 인물들이 조선인인데 왜 만주를 공간적 배경으로 삼았는가 하면, 그만큼 일제 강점기에 많은 사람들이 만주로 이주해 가 살았기 때문이에요. 작품에서는 그들이 왜 조국을 떠났는지에 대해 설명하고 있지는 않지만, 당시 만주로 이주해 살았던 우리 민족들은 대부분 일제의 가혹한 정책 때문에 우리 땅에서 살기 어려워서 만주로 이주할 수밖에 없었던 사람들이었습니다. 당시 만주는 지금과 같이 중국이 완전히 지배하고 있지는 않았어요. 그래서 우리 민족들이 별다른 이민 절차를 밟지 않고서도 얼마든지 이주해 살 수 있었지요. 그런데 만주에 가서도 살기가 쉬웠던 건 아니에요. 우리나라에서나 만주에서나 농사를 짓는 사람들은 자기 땅이 없으면 소작농으로 살 수밖에 없는데, 소작농은 일 년 내내 농사를 지어도 그 수확량의 절반을 지주에게 소작료로 바쳐야 했지요. 그러니 이 작품의 송 첨지처럼 수확량이 적으면 지주에게 두들겨 맞고 심지어 죽임을 당하는 일도 많았어요. 더군다나 중국인 지주들은 자기 나라 사람도 아니니까 우리 민족을 더 심하게 대했겠지요. 그만큼 만주 이주민들은 조국을 잃은 아픔을 더욱 심각하게 느낄 수밖에 없는 처지에 있었어요. 작가가 만주 이주민들의 삶을 그린 것도 바로 이 때문일 거예요.

Q 송 첨지가 중국인 지주에게 죽임을 당한 것은 무엇 때문인가요? 그리고 송 첨지가 죽임을 당했는데도 마을 사람들은 분노만 할 뿐 항의하지 못하는 이유는 무엇인가요?

A 작품에 나와 있듯이, 송 첨지는 중국인 지주에게 '소출이 좋지 못하다고 두들겨 맞아서' 결국 죽음을 당하지요. 송 첨지는 이 마을의 다른 사람들과 같이 소작인이에요. 자기 땅이 없으니까 땅을 가진 중국인 지주의 땅을 빌려서 농사를 짓고, 그 대가로 소출의 일부를 지주에게 바쳐야 했지요. 당시 소작료는 대개 수확량의 절반 정도가 되었어요. 그런데 지주의 입장에서 보면, 소작인이 농사를 잘 지어서 소출이 늘어나면 소작료도 따라서 늘어나지만, 무슨 사정이 있든 간에 소출이 좋지 않으면 자신에게 돌아올 소작료도 따라서 줄어들게 되는 거죠. 그러니까 소작인들을 닦달하여 어떻게든 소출이 늘어나게 만들려고 했을 거예요. 그래서 아마도 소출이 좋지 못한 송 첨지를 두들겨 팼을 거고요.

그런데 이곳이 우리나라였다면 아무리 지주라 하더라도 이렇게까지 심하게 소작인들을 다루지 못했을 거예요. 남의 나라 사람들이 자기 나라를 잃고 중국에 들어와서 살고 있으니까, 국가의 법적인 보호도 제대로 받지 못한 채 비참한 대우를 받게 된 거지요. 송 첨지의 죽음을 보고 마을 사람들이 한 번 와작했다가 결국 항의하러 가지 못하는 것은 땅 때문이에요. 함부로 항의했다가 다음 해에 소작을 받지 못하면 먹고살 길이 없어지니까요. 이 역시 조국을 잃고 만주라는 외국 땅에 가서 살아야 했기 때문에 겪어야 했던 우리 민족의 비참한 현실일 거예요.

Q 삵이 중국인 지주를 찾아간 것은 송 첨지의 죽음을 복수하기 위해서인가요? 마을 사람들에게 미움받는 삵이 왜 그런 행동을 했을까요?

A 이 작품은 1인칭 관찰자 시점으로 서술되어 있어요. 1인칭 관찰자 시점은 서술자인 '나'가 보고 들은 것만을 중심으로 이야기를 전개해 나가지요. 그래서 주인공이 어떤 마음으로 어떤 행동을 하는지도 서술자인 '나'가 보고 들은 것에 한해서 이야기할 수밖에 없어요. 이 작품의 주인공은 '삵'이에요. 서술자인 '나'는 삵이 무슨 마음으로 중국인 지주를 찾아갔는지 알 수가 없어서 우리에게 이야기를 해 주지 못해요. 다만 중국인 지주를 찾아갔다는 사실만은 삵이 직접 이야기해 주어서 알 수 있는 거지요.

그러나 독자는 문맥을 통해 삵이 중국인 지주를 찾아간 것은 송 첨지의 복수를 위해서라는 걸 짐작할 수 있어요. 송 첨지가 지주네 집에 갔다가 두들겨 맞아서 결국 억울하게 죽임을 당했는데도 아무도 항의하러 가지 않은 걸 삵도 누군가에게 들어서 알았을 거예요. 그리고 다른 마을 사람들이 소작인으로서 중국인 지주에게 매여 있는 데 반해 삵 자신은 자유롭다고 할 수 있지요. 가서 항의를 하거나 복수를 하더라도 떼일 '땅'이 없거든요. 물론 삵이 중국인 지주를 찾아가서 어떠한 행동을 했는지는 역시 서술자인 '나'가 보고 들은 바가 없어서 우리도 알 수는 없어요. 그러나 복수에 해당하는 어떤 행동을 했고 그 결과로 삵 역시 허리가 꺾이는 참변을 당했음을 짐작할 수 있지요.

그리고 삵이 다른 사람들의 미움을 받으면서도 여느 사람들은 못하는 송 첨지의 복수를 스스로 감당한 것은 삵에게도 불의에 항거하려는 마음, 민족을 사랑하는 마음이 있었기 때문일 거예요. 그것이 이 작품의 주제이기도 하고요. 아무리 다른 사람들에게 암종인 것처럼 여겨지는, 비도덕적이고 몰염치하게 보이는 인물에게도 불의에 항거하며 동포를 사랑하는 마음이 있다는 것, 이 작품은 그것을 말하고 있는 거예요. 아니, 다른 사람들은 감히 그럴 만한 용기를 내지 못하는 데 반해, 삵은 반사회적인 성향의 인물이라서 오히려 그럴 만한 용기를 낼 수 있었다는 것을 작품은 이야기하고 있는지도 몰라요.

작가 김동인은 이처럼 상식을 뒤엎는 생각을 많이 했어요. 〈광염 소나타〉라는 작품에서도 반사회적인 범죄를 저지르면서 훌륭한 음악을 창조해 내는 주인공을 그리고 있잖아요. 그런데 이런 생각에도 일리가 있기는 해요. 이 작품만 보더라도, 다른 사람들은 땅과 농사일에 매여 있기 때문에 저항할 용기를 내지 못하는 데 반해, 삵은 농사도 짓지 않고 따라서 땅에 매여 있지 않으므로 지주에게 저항할 수 있지요.

Q 죽음을 앞둔 삶이 마지막으로 보고 싶어 하는 것이 '붉은 산'과 '흰옷'이에요. 이것이 의미하는 바는 무엇인가요?

A 쉽게 짐작할 수 있듯이 '붉은 산'과 '흰옷'은 '고국'과 '동포'를 뜻해요. 왜 '붉은 산'이냐 하면, 당시 우리나라의 산에 나무가 별로 없어(여기에는 일제의 산림 수탈이 큰 원인으로 작용합니다.) 붉은 색을 많이 띠었기 때문이에요. 더군다나 당시 우리나라는 일본 제국주의의 식민지였으므로, '붉은 산'은 고국이 위험한 상태에 있음을 은연중에 의미하기도 하지요. 그리고 그 당시 우리나라 사람들은 '흰옷'을 즐겨 입었어요. 그래서 우리 민족을 '백의민족'이라 부르기도 했고, '흰색'은 어딘지 선량하다는 느낌을 주지요. 삶은 죽어 가면서 마지막으로 일제에게 빼앗긴 우리 고국과 선량한 동포들에 대한 애정과 그리움을 드러내고 있어요. 그러면서 이 작품의 주제를 보다 효과적으로 부각하고 있는 것이지요.

❉ 더 읽어 봅시다 ❉

일제 강점하 유이민의 비참한 삶을 다룬 작품

현진건, 〈고향〉 _일제의 수탈로 농토를 빼앗기고 고향을 등진 채 간도와 일본 등지를 유랑하며 참담한 삶을 살아가는 인물을 통해 일제의 식민지 정책에 대한 비판 의식을 드러내고 있다.

최서해, 〈홍염〉 _일제 강점하 만주 유이민의 비참한 삶과 그로부터 빚어지는 비극적 결말을 그리고 있다.

김동인(1900 ~ 1951)

예술미를 추구하면서도
리얼리즘과 통속적 역사 소설을 넘나들다

 김동인은 이광수, 염상섭 등과 함께 우리나라 근대 소설을 개척한 작가이다. 이광수가 〈무정〉(1917)으로 근대 장편 소설의 세계를 열었다면, 김동인과 염상섭은 근대 단편 소설의 세계를 개척해 나갔다. 이광수가 주로 계몽적인 열정에 의해 소설을 창작했다면, 염상섭은 현실을 탐구하고자 하는 의도로 소설을 썼고, 김동인은 소설을 통해 주로 미적 세계를 추구하였다.

 김동인이 처음 문학을 시작할 무렵, 우리의 문학 환경은 매우 가난하였다. 작품을 발표할 신문이나 잡지가 거의 없는 상태였다. 김동인은 당시 일본에 유학해 있던 몇몇 문학 청년들과 함께 동인지를 발간하면서 작품을 발표할 공간을 마련하였는데, 그 첫 동인지가 1919년에 발간된 「창조」였다. 부유한 가정 환경 덕분에 일찍부터 예술 방면의 소질을 발전시킬 수 있었고, 우리나라 최초의 문예지로 평가받는 「창조」도 자신의 돈을 들여 발간할 수 있었던 것이다. 「창조」에 첫 작품 〈약한 자의 슬픔〉과 〈마음이 옅은 자여〉를 발표하였는데, 〈약한 자의 슬픔〉은 엘리자베트라는 신여성이 겪

동인지(同人誌) 사상, 취미, 경향 따위가 같은 사람들끼리 모여 편집·발행하는 잡지.

는 시련과 자각을 그린 소설이고, 〈마음이 옅은 자여〉는 가족을 사랑하지 못하고 이웃 학교 여교사를 사랑하다가 그 여자도 다른 남자에게 시집을 가고 가족들도 죽자 참된 삶을 살겠다고 결심하는 한 남자의 삶을 그린 작품이다. 두 작품 모두 시련을 겪은 뒤 깨달음과 결심을 얻는 이야기를 담고 있으나, 그런 깨달음과 결심이 주인공들의 주관적 독백에 지나지 않아 공허한 느낌을 준다.

그러나 〈배따라기〉(1921)와 〈감자〉(1925)에서는 그러한 한계를 넘어서서 성격적인 갈등이나 환경에 의해서 인간의 운명이 곡절을 겪는 모습을 물 흐르듯이 잘 그려 내었다. 〈배따라기〉에서는 질투심이 많고 격정적인 성격을 지닌 '그', 천진하고 쾌활하며 애교가 많은 '그의 아내', 늠름하고 위엄이 있는 '그의 아우' 등 분명한 성격을 지닌 인물들이 그 성격으로 인해 가정의 비극을 겪는 모습을 액자 소설이라는 형식을 통해 깔끔하게 형상화하였다. 또한 〈감자〉에서는 주인공 복녀가 빈곤과 사회의 부조리(매음 및 가부장제)로 인해, 즉 그녀를 둘러싼 환경으로 인해 도덕을 상실하고 비극적인 죽음을 맞는 과정을 작가의 개입이라는 군더더기 없이 객관적으로 그려 내었다.

우리나라 근대 단편 소설을 본격적인 경지에 올려놓은 김동인이지만, 그의 소설은 리얼리즘을 심화시키는 방향보다는 유미주의적

유미주의(唯美主義) 아름다움을 최고의 가치로 여겨 이를 추구하는 문예 사조.

경향으로 더 많이 기울어졌다. 도덕이나 진리의 탐색보다도 미의 창조를 예술과 문학의 가장 핵심적인 가치로 여겼던 것이다. 그래서 〈배따라기〉와 〈감자〉에서도 내용의 완결성보다는 형식적인 아름다움을 더 추구한 것으로 평가된다. 이후 김동인은 유미주의를 더 심화시켜 '예술 지상주의'를 더 표나게 내세운 〈광염 소나타〉(1930), 〈광화사〉(1935) 등의 작품을 창작하였다. 〈광염 소나타〉에서는 도덕 교육으로 인해 억압되었던 예술적 천재성을 되찾기 위해 범죄를 저지르는 천재 음악가 백성수를 통해, 〈광화사〉에서는 미의 완성을 위해 눈먼 소녀를 희생시키는 화가 솔거의 형상을 통해, '위대한 예술 작품을 탄생시키기 위해서라면 다른 사람들이나 도덕 같은 것은 희생될 수도 있지 않은가'라는 물음을 제기하고 있다. 이들 작품은 내용적으로 예술 지상주의를 표방하면서, 다른 한편으로는 주제가 주는 충격을 완화시키기 위해 교묘하게 변형된 액자 소설 형식을 활용하고 있다.

김동인은 유미주의를 지향하면서도 〈발가락이 닮았다〉(1932), 〈붉은 산〉(1932), 〈곰네〉(1941) 등의 리얼리즘 계통의 소설도 계속 창작하였다. 특히 〈붉은 산〉은 짤막한 분량으로 누구에게도 사랑받지 못하고 미움을 받는 패륜아가 결정적인 순간에 민족애를 발휘하는 모습을 강렬하게 담아내어 김동인이 사회 현실에도 무관심하지는 않았음을 알려 준 작품이라 할 수 있다.

한편 김동인은 역사 소설과 야담의 창작에도 손을 대었다. 그러나 그의 역사 소설과 야담 창작은 아버지로부터 막대한 재산을 물려받아 큰 부자였던 그가, 방탕한 생활로 재산을 탕진한 뒤 생계를 잇기 위해 부득이하게 쓴 것이어서, 대부분 통속 소설에 그치는 것으로 평가된다. 그러나 조카의 왕위를 찬탈한 폭군으로 알려진 수양 대군의 위대함을 새롭게 평가하고자 한 〈대수양〉(1941), 흥선 대원군의 파란만장한 일생과 개혁적인 면모를 부각한 〈운현궁의 봄〉(1933) 등의 역사 소설은 역사를 독창적으로 재해석하고 일제 강점기에 민족의 주체성을 고취하려고 한 그의 노력의 산물이다. 다만 그의 역사 소설이, 〈배따라기〉의 서술자가 진시황을 예찬하는 장면에서 엿볼 수 있듯이 영웅 사관에 기울어져 있다는 점을 잊지 말아야 할 것이다.

야담(野談) 민간(民間)에서 사사로이 기록한 역사를 바탕으로 흥미 있게 꾸민 이야기.

연보

1900년 _ 10월 2일 평양에서 대지주이자 기독교 장로인 김대윤과 후실인 옥씨 사이에서 3남 1녀 중에 차남으로 태어남. 호는 금동(琴童). 부친은 당대의 지사인 안창호, 이승훈 등과 교분이 있었음.

1912년 _ 기독교 계통인 평양 숭덕 소학교를 졸업하고, 평양 숭실 중학교에 입학함.

1913년 _ 숭실 중학교 2학년 때 자퇴함.

1914년 _ 일본 동경 학원 중학부 입학함.

1915년 _ 동경 학원의 폐쇄로 메이지 학원 2학년에 편입함.

1916년 _ 학급 회람 잡지에 〈병상〉이라는 작품을 발표함.

1917년 _ 부친의 사망으로 귀국함. 3천 석의 농토와 거금 10만 원의 막대한 유산을 물려받음.

1918년 _ 부유한 상인의 딸 김혜인과 결혼한 후 다시 일본으로 감. 가와바타 미술학교에 입학하여 화가의 꿈을 길렀으나 문학에 심취하고 독서와 습작에 열중함.

1919년 _ 2월에 주요한, 전영택, 김환 등과 함께 도쿄에서 우리나라 최초의 순수 문예 동인지 「창조」를 자비로 발간함. 처녀작 단편 〈약한 자의 슬픔〉을 「창조」 창간호에 발표함. 이후 〈마음이 옅은 자여〉를 발표함. 히비야 공원에서 있었던 유학생 독립 선언 행사에 참여하여 일본 경찰에 붙잡혔다가 하루 만에 풀려남. 집안의 소환으로 귀국한 후 아우 동평의 3·1 운동 격문의 초안을 잡다가 출판법 위반으로 6개월간 투옥됨.

1920년 _ 염상섭과 비평가의 태도에 관한 논쟁을 벌임. 장남 일환 출생.

1921년 _ 〈배따라기〉를 「창조」에 발표함. 이 해부터 가산이 기울기 시작하고 명월관 기생 등과 방탕한 생활에 빠짐.

1923년 _ 단편 〈이 잔을〉을 「개벽」에, 〈태형〉을 「동광」에 발표함.

1924년 _ 「창조」의 후신인 「영대」를 발간함. 「영대」 창간호에 단편 〈유서〉를 발표함.

1925년 _ 〈감자〉를 「조선문단」에 발표함. 〈정희〉, 〈명문〉, 〈시골 황 서방〉 등을 발표함.

1926년 _ 단편 〈원보부처〉를 「신민」에 발표함. 이후 기울어진 가산을 회복하고자 토지 관개 사업을 시작했다가 실패하고, 막대한 부채 때문에 가산을 팔아 서울로 올라옴.

1927년 _ 부인이 딸을 데리고 가출함. 단편 〈딸의 업을 이으려〉, 〈명화 리디아〉를 발표함.

1928년 _ 동생 동평과 함께 영화 흥행업에 손을 댔다가 실패함.

1929년 _ 재혼하기로 결정하고 스스로 '훼절'이라고 한 신문 연재를 시작하여, 중편 〈여인〉과 장편 〈태평행〉을 연재함. 평론 〈조선 근대 소설고〉를 발표함.

1930년 _ 프롤레타리아 문학을 강렬하게 의식하고서 〈배회〉, 〈벗기운 대금업자〉를 발표함. 그 밖에 단편 〈죄와 벌〉, 〈증거〉, 〈신앙으로〉, 〈광염 소나타〉를 발표함. 중편 〈여인〉(삼문사)을 출간함. 평양 숭의 여중을 나온 열한 살 아래의 김경애와 약혼함.

1931년 _ 김경애와 재혼. 단편 〈박 첨지의 죽음〉, 〈거지〉 등을 발표함.

1932년 _ 단편 〈발가락이 닮았다〉를 발표하였는데, 염상섭을 모델로 하였다고 하여 오랫동안 둘 사이에 불화가 계속됨. 〈잡초〉, 〈붉은 산〉 등을 발표함.

1933년 _ 「조선일보」 학예부장으로 근무하면서 〈운현궁의 봄〉을 「조선일보」에 연재함.

1934년 _ 모친이 사망함. 아편에 중독됨. 이광수에 대한 최초의 본격적인 작가론이라 할 수 있는 〈춘원 연구〉를 「삼천리」에 연재하기 시작함.

1935년 _ 월간 잡지 「야담」을 창간함. 「야담」 창간호에 〈광화사〉와 연재물인 〈왕자의 최후〉를 발표함.

1936년 _ 『이광수 · 김동인 소설집』(조선서관)을 출간함.

1938년 _ 일본 천황 모독죄로 반년간 투옥됨.

1939년 _ 『김동인 단편집』을 출간함. 중편 〈김연실전〉을 「문장」에 발표함. 박영희·임학수 등과 '북지황군(北支皇軍) 위문'에 협력, 조선 신궁을 참배한 뒤에 만주까지 다녀옴.

1941년 _ 〈곰네〉, 〈대수양〉 등을 발표함.

1943년 _ 친일 단체인 '조선문인보국회' 간사직을 맡음.

1945년 _ 해방 직후 좌익 문인이 주도하여 조직된 '중앙문화건설협의회' 발족회에서 이광수 제명에 반대하고 퇴장함.

1946년 _ 우익 단체인 '전조선문필가협회'의 결성을 주도함.

1948년 _ 건강 상태가 악화됨.

1950년 _ 한국 전쟁이 발발했으나 거동이 어려워 피란을 못 감.

1951년 _ 1월 5일 하왕십리 자택에서 영면.

사후

1955년 _ 「사상계」에서 그의 문학적 업적을 기려 동인문학상을 제정함.